『いや……見ないで……ぇぇ』
『なぜだ。淫らなおまえは、とても美しい…』
（本文より）

淫花～背徳の花嫁～

YUKI ITOH
いとう由貴

Illustration
Ciel

SLASH
B-BOY NOVELS

この物語はフィクションであり、実際の人物・
団体・事件等とは、いっさい関係ありません。

CONTENTS

淫花《いんか》～背徳の花嫁～

§序章

部屋は薄暗かった。それは夜のせいだ。

橙色《だいだい》の灯《あか》りがぼんやりと照らしているだけの室内は寝室のようで、中央にあるベッドに男女二人が横たわっている。

男は禿頭の、六十代そこそこ程度。どこか厳《おごそ》かな雰囲気がある。

その隣で中空を見つめている女は、年齢不詳だ。髪や肌の艶《つや》は若々しいが、宙を漂っている瞳は年を経た者だけが持つ昏《くら》さがあった。

互いに汗ばんでいるのは、直前まで情を交わしていたからだろうか。特に、女の身体は男の精を受けて、ぬめるように艶《なま》めいていた。

非常な美貌で、彼女を抱けるというだけで歓ぶ男は大勢いるだろう。

現にこれまで、数限りない男たちにその身は捧げられてきた。それが、彼女の役目でもあった。

だが、どこの、どんな男に抱かれても、彼女の眼差《まなざ》しに正気の光が差し込むことはない。もう二十年、彼女の心は夢の世界に漂っていて、この世にはなかった。

男がベッドから起き上がる。ついさっきまで至上の悦楽を男に与えていた女にチラリと蔑《さげす》みの一瞥を与えて、己だけ浴室に向かおうとする。

彼女は彼の奴隷。彼が女に情をかけることはついぞなかった。

女もそれで文句を言うことはない。いや、なにかを話すということ自体が、彼女にはまずないことだった。

しかし、今夜に限って、彼女の口が開く。

「……来る」

女の呟きに、男は振り返った。さっきまで気だるげだったその眼差しが、鋭く変化する。

「来るか、ラーニー」

男がニヤリと唇の端を上げた。瞳が爛々《らんらん》と輝きだす。

「ついに来るか。わしの計算どおり、あれからちょうど二十年――。やはり、わしは間違っていなかった。わしの研究は正しかった、はははははは」

男は笑い、ベッドに戻るといまだ横たわったままの女の全身をシーツで覆い隠し、天蓋の紗を下ろした。

そうやって女を隠してから、ベルを鳴らす。待つ間、男は夜着を羽織った。

しばらくして青年がやって来る。男に深く帰依《きえ》している様子の青年に、彼は命じた。

「約束の者がこの地にやって来る。急ぎ、迎えに行け」

「はっ！」

それだけで、青年にも意味がわかっているのだろう。表情がハッと変わった。

続いて、もう一つの命も、男は彼に下す。

「それと、シュリーヴァースタヴ、ワーディヤー、パテールの三家に知らせを。時が巡ってきた。契約を結ぶ者を送れ、とな」

「かしこまりました、グル」

指示を受けると、青年はすり足で去っていく。

グルと呼ばれた男は興奮を隠しきれない様子で、窓辺に歩み寄ると、天を仰ぎ見た。

時が来た。特別な時が。

「我が神よ、恩寵《おんちょう》を我らに……」

両手を上げ、男は祈り始めた。男が祈るのは、この地では忘れられた神。太古の古代神であった。

§第一章

なんとなくスパイシーな匂いがする気がする。

鼻を蠢《うごめ》かしながら、向井俊也《むかいしゅんや》はインドはデリーのインディラ・ガンディー国際空港に降り立った。およそ九時間近くの空の旅だった。

すっかり身体が硬くなった俊也は、軽く手足を振りながら、イミグレーションへと向かう。ジーパンにTシャツ、スニーカーのごく普通の、気楽な格好だ。

大学生の俊也にとって、これは三回目の海外旅行だった。ただし、今までのツアー旅行と違って、今回は一人旅だ。航空チケットも宿も、すべてネットを使って自分で手配していた。

それだけに、俊也は少し緊張していた。

一緒に飛行機を降りた人々に遅れないよう、入国チェックを受け、出口に向かう。

一人旅にスーツケースは心配だった俊也の荷物はバックパックで、機内に持ち込めたから、荷物が出てくるのを待たなくていい。いつも背負っていられるのが、スーツケースと違って安心感があった。

――よし、気をつけるぞ！

いよいよインドに足を踏み入れ、俊也は気合いを入れた。

タクシーの客引きに迫られても、絶対に乗らないこと。

バス乗り場を一目散に目指すこと。

空港での注意事項を、頭の中でもう一度復唱する。

貧乏旅行だから、無駄遣いはできなかった。

それでなくても、インドのぼったくりはすごいと聞いている。普段、値段交渉などしたことのない俊也には、ハードルの高い国なのだ。

それがどうして、初めての一人旅の場所に選んでしまったのか。

正直、俊也にもよくわからなかった。インドの建造物には興味があったから、いつかタージ・マハルやマハラジャの王宮などを見にいってみたいとは思っていた。

だが、一人旅で行こうなんて、夢にも思っていなかった。

それなのにインドを選んでしまったのは、直前に観たテレビ番組のせいだろうか。エキゾチックな建築物の上に夕日が落ちていく光景がいやに綺麗《きれい》で、むしょうに現物を見てみたくなった。

寒い国に行くよりも荷物が少なくて済みそうなのもよかった。

なにより、綺麗に整備された先進国よりも、混沌としたインドのような国に一人旅したほうが、なんだか旅をした！　という気分になれる気がした。

小柄で童顔で、実年齢の二十歳よりもずっと下に見られる自分が、ちょっと情けなかったのかもしれない。厳しい国で一人旅を経験すれば、顔つきももっと大人っぽくなるかも……などと俊也は少しだけ期待していた。

美容院代がもったいなくて染めていない黒髪、ちょっと仔犬めいた黒い瞳、ちんまりとした目鼻立ちの俊也はごくごく平凡な青年で、雑踏にいれば十人中十人が気づかないまごうかたなき十人並みの青年だった。

だが、見た瞬間眉をひそめられるようなひどい顔でもないから、俊也自身はまあいいと思っている。気になっているのは、ちょっと童顔なことだけだ。

しかし、この旅で一皮剝《む》けて、大人の男になってやる。顔立ちは変えられないが、雰囲気が変われば、少しは大人っぽく見えるようになるはずだ。

そう決意して、俊也は人いきれでムッとしたフロアに足を踏み入れた。ツアーの迎えに来ている人たちだろうか、顔の濃い人々が大勢、出口に群がっている。手に手に手書きの紙を持っていた。

それを横目で見ながら、俊也は通り過ぎる。自分はツアーではないのだという、なんとはなしの優越感じみたもので胸を張って、あらかじめ調べておいたバス乗り場へ向かった。

しかしそれも、なかなか案内する表示を見つけられない間に萎《しぼ》んでいく。不安で胸がドキドキしてきた。

——どうしよう。ガイドブックを出して、もう一度場所を確認してみるべきかな。

しかし、いかにも困っていますという態度を見せると、変な人に声をかけられるかもしれない。

警戒心でいっぱいになりながら、俊也はバス乗り場を探した。

十分ほども迷っただろうか。ようやく表示を見つける。矢印のある案内を発見して、俊也はホッとした。

それと同時に、急にトイレに行きたくなる。緊張していたのが解けたせいだろうか。

考えてみれば、着陸一時間くらい前に機内で行ったのが最後だ。

このあとはバスに乗るのだし、町に着いたら今度は予約したホテルを探さなくてはならない。

比較的安全な空港にいるうちに、行っておいたほうがいいかもしれない。

俊也はそう考え、バス乗り場へと向かいながらトイレを探した。

乗り場を探して迷っている間に、大方の人たちがもうバス乗り場に向かったのだろうか。通路がしだいに閑散としてくる。

ポツリと一人になったところで、俊也はトイレを発見した。

いそいそと歩み寄り、中に入る。シンとした中、俊也はそそくさと用をすませた。

あまりに人気《ひとけ》がなくて、少し不安だ。早くバス乗り場に行こう、と俊也はさっさと手を洗おうとした。

と、インド人らしい浅黒い肌の男性が、トイレに入ってくる。

人が来たことになんとなくホッとしながら、俊也は手を洗った。

しかし——。

「………ふ、ぐっ！」

いきなり腕を取られると、横から口に湿ったタオルを押し当てられ、俊也は驚いた。反射的に、つい大きく息を吸ってしまう。

タオル越しに入ってきた空気は、なぜかクラリとするような刺激臭がした。

——ヤバイ……ッ！

息をしたらダメだ。

俊也は唇をきつく引き結んだ。最初のひと息は仕方がないとしても、この先は息をしないようにしなくては。

呼吸を止めながら、俊也はなんとかして男から逃れようとした。

しかし、俊也より頭一つ分ほど背が高く、全身筋肉質の男はしっかりと俊也を捕らえ、小揺るぎもしない。

——いやだ……っ、オレ、まだ空港すら出てないのに、もう被害に遭うのかよ！

信じられない。町中よりは比較的安全なはずの空港内で、こんな目に遭《あ》うなんて。

昏睡強盗だ、と俊也は思った。いけないとわかっているのに、だんだん呼吸が耐えられなくなる。

——息をしたらダメだ。ダメだ。ダメだ！

けれど、限界に達した口は勝手に大きく開いてしまう。そして、空気を貪った。

薬の刺激臭と一緒に、酸素が肺をいっぱいに満たす。

それとともに、俊也の頭がクラクラと揺らいできた。目眩《めまい》がする。

――いやだ……死にたくない……。

目に涙を浮かべながら、意識がかすんでいく。

しばらく男の腕の中でもがいたあと、俊也から力が抜けていった。ぐったりとくずおれていく。

男はその身体を軽々と受け止めた。俊也が背負ったバックパックを下ろし、身体だけを抱き上げる。

もう一人、トイレ内にスルリと入ってきた男が、バックパックを拾い上げた。

静かに、男たちはトイレから出ていく。あとには、なんの痕跡も残されなかった。


涼しげな、異国の楽器の音が聞こえる。

インドだ、と俊也は思った。

当然だろう。自分はインドに一人旅に来ているのだ。

安いホテルだが、こんなふうに外からの音楽が聞こえてくるのは、ちょっといい雰囲気だ。

ぼんやりとした気分を楽しみながら、俊也は目を開けた。少し頭が重い気がするのは、フライトで疲れたからだろうか。

そう思いかけて、ハッとなる。ガバリと起き上がった。

「……なんだよ、これ！」

はっきり目が覚めて、周囲を見回す。そこは、驚くべき室内だった。

俊也が寝ていたのは、天蓋付きの豪奢《ごうしゃ》なベッドだ。キングサイズ、というのだろうか。俊也が五人くらいは寝られそうな広さがある。

おまけに、天蓋を支える柱は彫刻が細かく施された高価そうなもので、俊也は目を白黒させた。

どうして、こんなところに寝ているのだ。自分が予約したホテルは、もっと安宿ではなかったのか。

額を押さえ、俊也はここに来るまでの間のことを思い出そうとする。

たしか、九時間近い空の旅で、空港に降り立って、一生懸命注意事項を思い出しながらバス乗り場を探した。

そのバスに乗って、自分は……。

いや、違う。

俊也は軽く頭を振る。自分はバスになんて乗っていない。バス乗り場を目指して歩いていて、途中でトイレに立ち寄って、そこで――。

「お目覚めでございますか、神子《みこ》様」

明るい英語とともに天蓋の紗を開けられ、俊也はビクリと全身を震わせた。

「だ、誰……?」

ベッド脇で、浅黒い肌の少年が恭《うやうや》しく頭《こうべ》を垂れる。十二、三歳ほどの可愛らしい少年だったが、なぜか頭を剃っていた。

英語で話してくれるのはありがたいが、この子供はいったいなんなのだろう。

俊也は首を傾げる。

「ラダ・カーマカーと申します。神子様の世話係を命じられております」

そう言うと、傍《かたわ》らから水の入ったグラスを盆に載せ、差し出してきた。

「あ、水……」

俊也の喉がコクリと鳴る。差し出されてみて、自分の喉がかなり渇いていることに気づく。

しかし、外国で生水は腹を壊す危険があった。海外旅行の基本だ。

躊躇《ためら》った俊也に、ラダがニコリと笑いかけてくる。

「大丈夫でございます。冷やしたミネラルウォーターですから」

俊也の心配をわかっているのか、そう言ってきた。

「そう……なんだ。ありがとう」

思わず、俊也はそのグラスを受け取る。しかし、口をつけかけてハッとする。

――ちょっ……待てよ。オレって、ここに誘拐されてきたんじゃ……。

素直に飲んだらまずいかもしれない。

そう気がついた俊也の手が止まった。ラダが不思議そうに目を瞬く。

「神子様、どうなさいましたか？　生水ではありませんよ」

ラダの様子は無邪気な子供そのものだ。だから、その話を信じてもいいような気持ちになるが、しかし、自分がさらわれてきた状況を考えると、いくらラダが子供だからといって気を緩めることはできない。

俊也はコップを手にしたまま、ラダに訊《たず》ねた。

「さっきから……わけのわからないことばかりなんだけど……神子とか……どういうことなんだ？」

問いかけに、ラダはニッコリと微笑んで答える。

「神子様は神子様です。あなた様は、四百九十六年に一人現れる、特別なお方。わたしたちはずっと、あなたがお出でになる日を待っていたのです、神子様」

「四百九十六年に一度……特別って……。わけがわからないよ。なんなんだ、それは」

俊也は困惑する。ラダの言うことのなにもかもが、意味不明だった。

俊也はただの日本人大学生だ。ここに来たのはただの旅行で、なんの意味もない。

神子とか、四百九十六年に一度とか、まったくわけがわからなかった。

おまけに、俊也が来ることは予言されていた？

困惑する俊也に、ラダが無邪気に言う。

「特別です。グル様が以前から仰《おっしゃ》っておいでででした。次の神子の出現は二十年後。その方こそ、真に特別なお方。四百九十六年に一人の特別な神子、わたしたち皆に幸福をお与え下さるお方だと。──さ、喉が渇いておいででしょう。お飲み下さい。そして、沐浴《もくよく》に参りましょう」

「沐浴……。そんなことより、オレをここに連れてきた奴と話がしたい。ラダ、そいつのところに連れていってくれ」

悠長に沐浴などしている場合ではない。

俊也はラダに頼んだ。自分の置かれている状況を、まずは把握したい。

ラダは困ったように小首を傾げる。

「神子様、まずは沐浴をすませていただかなくては。俗世で穢《けが》れた身体では、グル様にはお会いできません」

「俗世で穢れたって……」

いったい、ここはどういうところなのだ。俊也はため息をついた。

神子とか、グルとか、俗世とか。よくはわからないが、なにか宗教めいた場所らしく思える。

──困ったな……。

ごく平均的な日本人の俊也には、宗教というのはあまり身近な存在ではない。どちらかと言えば胡散臭いように感じる、そんな立ち位置だった。

しかし、とりあえずは危害を加えられないようだ。ラダの言うとおり沐浴をして、それから、グルとやらに会えばいいか。

そう俊也は判断し、仕方なく頷いた。

「わかった。沐浴をするから、グルというのに会わせてくれよ」

「はい、神子様」

そうして、言われるままに水を飲み干し、俊也はラダに案内されて、ついていった。


少しくすぐったかったが、世話係のラダが俊也の身体を洗ってくれて、沐浴をすませた。

身体を拭くと、俊也のジーパン、Tシャツではなく、綿のこざっぱりした服が与えられる。インドでよく見かける白いズボンに白い上衣で、俊也は物珍しそうにそれらを身につけた。

着終わると、ラダに案内されて長い廊下を歩いた。テレビで見たマハラジャの王宮のような、壁にも天井にも豪華な装飾が描かれた廊下だ。ところどころに大きな壺が飾られたり、大きな花瓶に両腕でも抱えられないほどたくさんの花が活けられていたりする。

足が踏むのは柔らかな絨毯《じゅうたん》だ。質感が、俊也の家にあるようなホームセンターで千九百八十円の絨毯とはまったく違う。

——宗教って、外国でももうかる仕事なのかな。

寝室に沐浴の場、行き来した廊下の様子からも、この教団の裕福さが窺《うかが》える。

そんな教団と自分が、いったいどんな関わりがあるというのだ。

俊也にはまったく見当もつかない。そもそも、ラダの言った『特別な方』という意味もわからない。

それに、四百九十六年に一人などといういやに半端な数も不明だ。

その前に出た数字が二十年だったことを考えると、なぜきりよく五百年にならなかったのだろうか。

そして、それに選ばれた自分——。

どうして、自分が『特別な方』になるのだ。

俊也は少しも、特別な人間ではない。目の覚めるような美貌どころか、ごくごく平凡な顔立ちだし、頭だって中堅大学に通う程度だから知れている。

家柄が特別なのかと言えばそうではなく、当たり前のサラリーマン家庭だ。

そんな俊也のどこが『特別な方』なのだろう。意味がわからない。

顔をしかめながら、俊也はラダのあとについて廊下を進んでいった。

しばらくして、ラダの足が止まる。厳《いか》めしい大きな扉の前だった。

「こちらでございます、神子様」

俊也を振り返り、ニコリと笑う。それから、重い音を立てて扉を開いた。

一瞬、俊也は目を細めた。室内は暗く、通廊の明るい場所から見ると、なにも見えなかったからだ。

目を細めると、そこから階段が下に伸びているのがわかった。

「階段……？」

「この下の広間に、グル様はおいでになります」

そう言って、ラダがさっさと薄暗い中に入ってしまう。

俊也はしばし躊躇った。

――なんか……不気味。

正直に言えば怖い。今までの明るいフロアなら軽く考えていられたが、こんな見るからに怪しげなところを見せられたら、どうしたって恐怖心が湧き上がってくる。

やっぱり話せばわかるなどと悠長なことを考えずに、ラダの隙をついて逃げたほうがよかっただろうか。

しかし、どこに、どうやって逃げる。ここがインドのどこなのか、自分の荷物はどうなったのかもわからないまま、逃げだすことは不可能だった。

――ビビるな、オレ！

俊也は自分に気合いを入れる。気持ちで負けたらダメだ。こういう虚仮威《こけおど》しなんて、新興宗教のよくやるパターンではないか。

とにかくまずは話し合って、ここから出してもらうのだ。

意を決して、俊也は足を踏み出した。ラダのあとを追い、階段を下りていく。

階段はかなり長かった。五十段ほども下りたところで、やっと次のドアに辿り着く。

『神子様をお連れしました！』

何語かわからない言葉で、ラダが声を張り上げる。おそらく、インドに数多くある言葉のうちの一つだろう。

その声に応じて、中から扉が開かれた。

広間、とラダは言っていたが、そこはそれまでの豪奢さから考えると、意外に狭い部屋だった。だいたい、中高の教室程度の広さだろうか。

その中央に天蓋付きの大きな寝台があり、それを囲むように、禿頭の男たちが六人、立っていた。さらに、奥の祭壇らしいところに四人の男がいる。

灯りは部屋の壁際に置かれた燭台の蠟燭《ろうそく》からのものだけだ。そのせいで、室内は薄暗かった。

「さ、こちらへ、神子様」

ラダが入るように手で促し、俊也はその不気味な室内に足を踏み入れた。

と、背後で重い音を立てて、扉が閉められる。しかも、閂《かんぬき》の音が大きく聞こえた。

思わず、俊也は振り返った。見ると、ラダは入室しなかったのか、姿が見えない。自分一人だけ、この部屋に入らされたのだ。

しかも、閂まで掛けた厳重さに、俊也の恐怖心が更に募っていく。

――マジ、大丈夫なのかな……。

だが、ここまで来た以上、怯えた態度を見せたらもっとまずい。

俊也は震えそうになった手をギュッと握った。ビビっているところを見せたら、敵の思う壺だ。

そう自分を鼓舞して、寝台をグルリと回り、祭壇らしい部分の前に立つ男のところへと歩んだ。

おそらく、彼がグルなのだろう。

禿頭の、白のインド風の上下の上から、臙脂《えんじ》の布を身体に巻きつけたグルが、俊也をジロリと見やる。その背後には、三十歳前後と思われる男たちが三人、立っていた。

ちょっとビックリするような美形だ。一人はインド人にしては肌の色が白く、もう一人は蠟燭の灯りを反射して金色の肌、最後の一人は浅黒い男だった。彼らが身にまとっているのも、グルと似たようなデザインの、しかし、色は白の服だった。

グルが重々しく口を開いた。

「ようこそ、シュンヤ殿。そなたの身が熟すのを、我らはずっと待っていた。ようやく、時が来たな」

俊也に話しかけるためなのか、グルも英語で話してくれる。

おそらく仲間内では、さっき入室時にラダが話した、何語かわからない言葉で会話しているのだろう。

だが、それをありがたく思う余裕は、俊也にはなかった。それほど、広間の雰囲気は禍々《まがまが》しく、必死に虚勢を張りつつも、俊也を怯えさせていた。

グルがニヤリと笑った。

「さあ、そこの寝台に上がるのだ。そなたはこれより、その身が我が神の器となるための秘儀を受ける」

「秘……儀……？　なんだよ、それ……」

――秘儀ってなんだよ！

俊也の腰が引ける。話し合うどころではない。グルの言葉はなにからなにまでおかしかった。

しかも、なんの儀式か知らないが、どうしてベッドに上がる必要があるのだ。

俊也は小さく首を否定の形に振る。だが、足が動かない。逃げなくてはと思うのに、完全にグルの威圧感に呑まれていた。

と、グルの背後にいた三人の男の一人が口を開く。金の肌をした男だった。

「秘儀とは言いますが、グルよ。わたしたちの目の前にいる神子候補は、男に見えますが？」

不審そうな様子だった。

もしや、この男も事情を知らないまま、連れてこられた一人なのだろうか。

だとしたら、仲間になれるかもしれない。

俊也はそう思い、縋るような気持ちで、金色の肌の男を見上げた。

しかし、俊也の視線を受けても、男は冷たく眼差しを背けるだけだ。

——どうして……。

彼も自分と同じ境遇ではないのか。

すぐに、それが自分の思い違いだと、俊也は気づかされる。

金の肌の男の肩を、白い肌の男が軽く叩くのが見えた。

「俗世の性別は、この際、関係ない。必要なのは、神の器となる資質だ」

「例の、完全な左右対称の身体、とかいう……？」

金の肌の男が片眉を上げ、俊也をチラリと見やる。

検分するように全身を見下ろして、小さく鼻を鳴らした。

「完全かもしれませんが、男です」

「なんだ、男相手は初めてか」

白い肌の男が嘲《あざけ》るように言う。

金の肌の男が眉をひそめた。心外だと言わんばかりの表情だ。

「経験はあります。ですが、もっと美形が相手です」

冷淡に吐き捨てられた言葉に、俊也の胸がズキリと痛んだ。別に気に入られたいわけではないが、初対面の相手に言う言葉ではないだろう。

——どうせオレは平凡だよ。

彫りの深いインドの人間から見たら、自分など平坦な顔の不細工にすぎないだろうとは思うが、それにしても失礼だ。

しかし、男たちは俊也などいないかのように、勝手な話を続ける。

「顔の美醜《びしゅう》で、神子は選ばれるわけではない」

と、白い肌の男が言えば、

「しかし、以前にお会いしたことのある巫女は、美しい女性でした」

と、金の肌の男が返す。

その会話に、俊也の眉間の皺がますます深くなった。

——以前に会ったことのある巫女……？

ということは、自分と同じようにさらわれて、巫女にさせられた女性がいる、ということだろうか。この怪しげな教団は、以前からこんな犯罪を繰り返していたのか。

やはり、逃げなくては。

俊也はそっと後退り始めた。しかし、いつの間にか近くに来ていたグルに、腕を摑まれる。

「……っ！」

「逃げずともよい、神子よ。すぐに、おまえも神の器となることを楽しむことになる」

「た、楽しむって……」

怖い。

俊也は大きく目を見開いて、自分に冷たい微笑を向けるグルを見上げた。なにもかもが、意味不明のことばかりであった。

グルは俊也の腕を摑んだまま、三人の男たちを振り返る。

「男であろうと、この者が次なる神子だ。神の器となすために、秘儀を始めよ」

「わかりました」

「はい」

白い肌の男と、金の肌の男がそれぞれに頷く。

ただ一人、浅黒い肌の男だけが無言だ。

腕を摑んでいたグルが、俊也をベッドへと連れていく。強引に、ベッドに上がらされた。

「ちょっ……なんだよ。秘儀なんて、オレはいやだからな！」

声を上げるが、誰も聞こうとはしない。それどころか、同じベッドに次々と三人の男たちまで上がってきた。

全員がベッドに上がると、天蓋に取りつけられた紗が下ろされる。

「なんだよ……なんだよ、これ！」

ベッドの上に男四人でなにをするというのだ。俊也の心臓がバクバクと跳ねた。

周囲を囲んだ六人の僧侶たちから、謎めいた詠唱《えいしょう》が始まる。

俊也はなんとかして逃げようと、男たちに背を向けようとした。しかし、背後から白い肌の男に腰を抱かれる。

「観念しろ、神子よ。わたしはラジーブ・シュリーヴァースタヴ。ナンディのマハラジャの王子だ。父に続いてわたしも、秘儀に立ち会う男になることを許された」

そう言うと、ガッチリと俊也を拘束する。

ラジーブに顎で指示されて、不承不承といった様子で金の肌の男が俊也の前に回る。そして、沐浴後に着せられた俊也の白い服を、手際よく脱がせ出した。

「な、なにするんだよ！　……やめろ！」

「暴れないで下さい。わたしはダヤラム・ワーディヤー。ラジーブと同じく、あなたを抱くことを許された男です」

「だ、抱く……!?」

信じられないセリフに、俊也の動きが凍りつく。ベッドに上げられ、たしかにあやしい雰囲気はあったが、自分がそれを無意識に考えまいとしていたことに、気づく。

だって、当然ではないか。俊也は男で、それもごくごく平凡な男で、カッコ良くもなければ、男にもてたことだってない。

性的指向だって、異性が相手だ。まだ経験はないが……。

それなのに、三人の男とベッドに上がって、どうかされるなんて考えるほうがおかしい。

しかし、俊也を押さえたラジーブはやる気満々だ。

前方で服を脱がせているダヤラムも、渋々ながら止《や》める気はないようだった。

一人、気難しい顔をしているのは浅黒い肌の男だけだ。

その男に、ラジーブが視線を送る。

「どうした、マハヴィル。おまえは恩恵に与《あずか》りたくはないのか？」

そう訊《き》いてから、俊也に男のことを紹介してくる。

「あいつはマハヴィル・パテール。パテール財閥の御曹子だ。といっても、不肖の御曹子だがな。――それから、ダヤラムの家はこのインドでは政界の名門だ。よかったな、初めての男がそれぞれ価値のある男で」

そんなことはどうでもいい。俊也はラジーブの腕から逃れようと、もがいた。

「やっ……いやだ、やめろっ！」

だが、いつの間にかダヤラムの手で俊也の衣服はすべて、剝《は》ぎ取られていた。

白い――ラジーブの白肌よりも目にやさしい乳白色の肌が、男たちの目に晒される。

「ほぉ……なかなかではないか。これは悪くない」

後ろから俊也を羽交い絞めにしたラジーブが感嘆の声を洩《も》らす。

ダヤラムが肩を竦めた。

「そうですね。身体はまあ、そそらないこともありませんね」

ひどい言い草だ。勝手に人を裸にしておいて、それはないではないか。

俊也はダヤラムを睨んだ。

だが、もう一人の手が自分の膝に触れてきて、ハッと息を呑んだ。浅黒い手——マハヴィルだ。さっきから気が進まない様子だったのに、やはり彼も俊也を抱く気になったのだろうか。

俊也は怯えた眼差しで、近寄ってきたマハヴィルを見た。

マハヴィルは相変わらず、渋い顔をしている。

「どうした。やっと覚悟を決めたか」

ラジーブが揶揄《やゆ》するのに、マハヴィルが頷いた。それを、俊也は絶望的な思いで見つめていた。

彼だけは、もしかしたら思い直してくれるかもしれないと期待していたのに。

ダヤラムとマハヴィルの二人に、俊也は下肢を開かれる。

マハヴィルがため息交じりに答えた。

「——仕方がないだろう。この子には可哀想だが、父に厳命されている」

「そうだな。なにしろ前回と違い、こちらは四百九十六年に一度の真神子だ。恩寵も計り知れぬ」

「やめ……やめて……」

足を広げられ、そこからゆっくりと腿《もも》の内側の柔らかい部分を辿られた俊也の肌が粟立《あわだ》つ。本当の本当に、自分は今から彼ら三人に抱かれるのか。

「や……だ……」

力なく首を振る俊也に、ラジーブが背後から囁く。

「仕方なかろう、神子よ。古い神ゆえ、我らが神は人の根源的な欲望を好まれる」

「はっきり言えば、セックスですね」

淡々と、ダヤラムが解説した。

身も蓋もないダヤラムの言い方に、ラジーブが低く笑う。

「我らはその悦《よろこ》びを、神に捧げるのだ。そうして、おまえは神の力をその身に受ける」

「や……嘘……」

そんな禍々しい話、聞いたこともない。

完全におかしい。なんという教団に、自分は捕まってしまったのだ。

俊也はもがいた。だが、拘束するラジーブの腕は小揺るぎもしない。

「……許してくれ、シュンヤ。その代わり、できるだけよくなるようにするから」

マハヴィルが請うように囁き、俊也の首筋に唇を落としてくる。

続いて、ダヤラムが俊也の胸に指先で触れてきた。

「そう。あなたが考えているより、ひどい経験にはならないはずです。わたしたちは皆、男を抱く術《すべ》を知っています」

「……やっ」

胸の粒が尖るように、ダヤラムに摘《つま》まれた。クニクニと揉まれ、俊也は拒絶の声を上げる。

信じられなかった。こんなふうに同性に触れられるなんて、信じたくなかった。

だが、ラジーブも俊也を拘束しながら、腹から下腹部にかけて手を這わせてくる。

「安心しろ。ちゃんと可愛がってやる」

「い、や……いやだっ！　放せぇぇぇ……っ！」

三人の男たちの絡みつく手に、唇に、俊也は絶叫した。

しかし、聞こえてくるのは六人の僧侶による詠唱だけで、俊也を助ける声はどこからもかからなかった。

§第二章

俊也の白い裸体に、男たちの目はいつの間にか惹きつけられていた。最初は誰一人、あまりにも平凡な俊也に興趣をそそられてなどいなかったのに。

けれど、三人に押さえられて、いやだともがく俊也の裸身には、得も言われぬ蠱惑《こわく》があった。

「やっ……ん、んんっ」

両の乳首をそれぞれダヤラムとマハヴィルに吸われ、花芯をラジーブに握られた俊也が甘い呻《うめ》きを洩らす。

感じている自分が信じられないとでもいうような悲痛な呻きに、彼らの欲望も熱くなった。

天蓋から垂れ下がる紗の向こうから聞こえてくる詠唱も、ベッドで絡み合う彼らの異常な興奮を高める。

——これが秘儀か。

と、ラジーブは俊也を弄《いじ》りながら思った。

三人の中で唯一、ラジーブだけは父の代からの信者だ。

といっても、ラジーブ自身は積極的な信者ではなかった。

しかし、実際に父が経験した秘儀に直面してみて初めて、ラジーブは父がなぜ、あそこまでグルに帰依しているのか、理解の切れ端を摑む。

たしかに、この秘儀は異常であった。

通常なら、俊也程度の容姿の青年に、ラジーブが興奮を煽《あお》られることはない。しかし、どこにでもいるような顔をしたこの青年に、ラジーブは今、たしかに興奮していた。

俊也も、異様な事態に陥《おちい》りながらも、三人の男に嬲《なぶ》られて、快感を得ている。

人の原始の欲望――。

グルが信者に説く神は、インドでは長く失われていた古代神だった。二十年前、一介のヒンズー僧だったグル――ヴィスワナート・アドヴァーニー――が様々な寺院や秘跡に隠されていた古文書から導き出し、蘇《よみがえ》らせた教えだ。

その信念に基づき、彼は当時没落しつつあったラジーブの父ウダイに近づき、彼の援助を得て、教団を起こした。

二十年前のこの秘儀を、父は巫女と一対一で執り行ったという。それほど、当時グルを信じる者は少なかった。

二十年経った今も、その際の至上の交わりは父を恍惚《こうこつ》とさせている。

生涯に一度の、至福の六ヵ月間と引き換えに、父は神の恩寵を受け取ったのだ。

その後の、誰を相手にしても物足りない情交の代わりに、父は幸運を手に入れた。没落しつつあったシュリーヴァースタヴ家は蘇り、再び王家に相応《ふさわ》しい富貴に包まれた。

それはグルも同様だった。秘儀を経て、神の器へと生まれ変わった巫女を手にし、彼女を権力者たちに差し出すことで、グル自身も教団を大きくしていった。

そう。神の器と化した巫女は、抱く男すべてに幸運を与えるのだ。ただし、秘儀を分かち合った男ほどではないが。

他人《ひと》からすれば、グルの教えはただの異端のセックス教団に見えるだろう。

だが、異端であるにしても、彼の教えになんらかの真実があるのはたしかだった。

現に、ラジーブたちはこんなにも、俊也の身体に魅せられている。直前までは、なんの魅力も感じなかったのに。

俊也の身体を玩《もてあそ》びながら、ラジーブは暗く唇の端を上げた。

「あ……ぁあ……やめ、て……やぁ、っ」

しどけなく足を開いた俊也の下腹部では、ラジーブに弄られ続けた花芯が愛らしく勃起している。

ダヤラムとマハヴィルに可愛がられている乳首も、二人の唾液にぬらぬらと濡れて、いやらしく尖っていた。それなのに薄紅《うすくれない》の清楚な色で、そそられる。

見下ろすと、ダヤラムが一心に、俊也の乳首を吸っている。いつもは冷淡な奴が、夢中になって可憐な胸の尖りを吸っては舐める様子を、ラジーブは興味深い思いで眺めていた。

一方、マハヴィルのほうは時折俊也に囁きながら、胸ばかりでなく身体中にキスをしていた。

「ごめんよ。辛抱してくれ……」

「んっ……やぁ……」

俊也の目尻から、涙が一滴《ひとしずく》流れ落ちる。

ラジーブの胸がドキリとした。早く、散らしてしまいたい。

様子からして、俊也が処女であるのは明らかだった。

男を知らぬ無垢な身体――。

普段なら、そんな面倒な相手に食指が動くラジーブではない。蕩《とろ》かすのに手間のかかる処女よりも、慣れた身体の相手のほうが楽しめた。

だが、未知の恐怖に怯える相手を強引に昂《たか》ぶらせるのが、これほど自身の情動をそそるとは。

――早く……これを貫きたい……。

なにかに急かされるような思いで、ラジーブは花芯から手を離し、俊也の両足を抱え上げる体勢に変えた。尻が浮き上がり、後孔がダヤラム、マハヴィルたちによく見える格好になる。

「――マハヴィル、神子の後ろを舐めてやれ」

俊也を抱くことに罪悪感を持っているらしいマハヴィルならば、さぞかし念入りに、可哀想な神子の蕾《つぼみ》を花開かせるだろう。

放蕩者で、パテール財閥総帥の父親を嘆かせているという話だったが、さすがにいやがる相手を抱くのは気が進まないとは。

そんな良識が残っていることが、笑止だった。

むろん、ラジーブもセックスの相手に無理強いをしたことなど、一度もない。そんなことをしなくても、好みの相手は自分のほうからラジーブにしなだれかかるのが常だったし、ラジーブ自身にも度を越した嗜虐《しぎゃく》心はない。

だが、俊也は別だった。ことここまで来た以上、最後までやるしかないという建前もあったが、真実は泣いていやがる姿にそそられていた。凡庸《ぼんよう》なはずの面立ちが――タイプではないはずの容姿が、妙に魅力的に見える。

これも、秘儀を完遂させるための神の業《わざ》なのだろうか。

そう考えながら、ラジーブはマハヴィルに見せつけるように、俊也の蕾を指で引っかけて、わずかに開いてやった。

さぞかし淫らな光景だったのだろう。マハヴィルが小さく息を呑む。

「舐めてやれ」

もう一度、ラジーブは一人だけ良識ぶる男を誘ってやった。

コクリ、とマハヴィルの喉が鳴る。すまないと言いながら、この男も俊也の艶姿《あですがた》に情欲を煽られているのがわかって、ラジーブは満足する。

どうせ俊也を犯す一人になるくせに、いい人ぶるのが気に入らない。

「いきなり……いきなり指はやめてやれ。可哀想じゃないか」

煽られているくせに、まだそんなやさしげなことを言ってくる。

ラジーブはわざとむごく、指をさらに俊也の蕾に咥《くわ》えさせてやった。

「んんっ……く、ぅ」

苦痛の呻きを、俊也が洩らす。

ラジーブは涼しい顔をして、言ってやった。

「それなら、早く舐めてやるがいい。おまえの舌でやさしく蕩かせてやれば、それだけ神子も楽になる。わかるだろう、マハヴィル」

ラジーブと同じく、マハヴィルも散々世界中を飛んで、遊んできた男だ。同性の悦ばせ方も、ちゃんと知っている。

「おまえは……ひどい男だな」

非難する言葉を、ラジーブは鼻で笑ってやった。神子を悦ばせれば悦ばせるだけ、ラジーブたちへの恩寵は厚くなるのだ。

それに、そのほうが俊也も楽しめる。ひどいとなじられる筋合いなどない。

「あ……あぁ……んんっ」

俊也の動揺した、甘い声が耳朶《じだ》に響く。軽く指を挿《い》れられた蕾を、マハヴィルが舐めていた。

ラジーブはそっと、指を引き抜く。気がつくと、乳首を吸っていたはずのダヤラムが下腹部へと移動し、俊也の性器に舌を伸ばそうとしていた。

「……っ、やぁぁっ……っ！」

性器を人の口に含まれる衝撃に、俊也が悲鳴を上げる。その顎を、ラジーブは強引に上向かせた。

「やっ……んん、ぅ……っ」

唇を奪われ、俊也が呻く。かまわず、ラジーブはその口中に舌を差し入れ、甘い口づけを教えてやる。

戸惑う舌は、俊也の無垢性を示していた。このぶんでは、あるいは女性との経験もなさそうだ。

――正真正銘の処女だな。

ラジーブはほくそ笑んだ。ならば、最初のセックスが最高の経験になる。

拒絶の呻きを洩らす身体を、ラジーブは他の二人とともに貪っていった。


頭がぼぅっとする。

どれくらい時間が経ったのだろう。

俊也は泣いて、泣いて、泣いて、呆然《ぼうぜん》と全身を寝台に投げ出していた。

涙で曇った視界に、両足を抱え上げるダヤラムが見える。何度もイかされて、俊也にはもう抵抗する気力も残っていなかった。

ただ力なく、

「も……や、めて……」

と呟くように訴えることしかできない。

もちろん、男たちは俊也の訴えなど聞きはしない。

ただ一人同情的だったマハヴィルでさえも、淫行を止めることはなかった。

こんなことが現実にあるなんて——。

俊也は信じられなかった。人をさらって、神子と呼び、こんな凌辱《りょうじょく》を加える連中がいるなんて、今まで想像したこともなかった。

よしんばあったとしても、男で、しかもよくある顔立ちの自分には無縁だと思っていた。

しかし、現実の自分は男たちに身体中を触れられ、とんでもないことになっている。

もう押さえつける必要のなくなった俊也の下肢を、男たちが覗き込んでいた。さっきまで、三人の指がそれぞれ挿れられていたところだ。

三本の、それぞれ違う指に後孔を開かれ、犯されるように解された。

その間に数度イかされて、俊也はもう息も絶え絶えだ。これ以上、淫らな行為に身体が耐えられるとは思えなかった。

けれど、彼らにとってはこれからが本番だ。

誰が一番か短い話し合いのあと、ダヤラムと決定した。

理由は、ダヤラムのモノがもっとも細いからだ。といっても、俊也のモノよりはずっと逞《たくま》しい。

あくまでも三人の比較の中では、という基準にすぎない。

男たちに見つめられながら、俊也の後孔にダヤラムの怒張が押し当てられた。

詠唱が高まる中、それがゆっくりと、俊也の中に押し入ってくる。

「……ひ、ぅ……っ！」

細くなどない。凶器のような熱い塊《かたまり》が、俊也の未通の身体を開いていく。

「や、だ……いやぁ……っっ！」

繊細な襞《ひだ》がいっぱいに開き、ヒクヒクと震えながらダヤラムの雄を咥え込んでいく。引き攣《つ》れ、剛直に纏わりつく花襞の蠢きが、たとえようもなく淫らだった。

さらに、いやだと言うわりには花芯は濡れて反り返り、吸われすぎて赤く腫れた乳首もピンと尖っていて、犯されることを悦んでいるようにしか見えない。

「すごい……」

思わずといったマハヴィルの呟きに、ラジーブのそれが重なる。

「ああ。口いっぱいに襞が広がって、ダヤラムを咥え込むのが……くるな、これは」

傲慢《ごうまん》な男の囁きは、興奮に掠れていた。

興奮しているのだ。俊也が犯される姿に！

俊也が弱々しく目を開くと、すでに着衣を脱ぎ捨てたラジーブの下肢で、恐ろしいほどの男根が隆起しているのが見えた。

マハヴィルも同じだった。使い込んだ風情の赤黒い怒張が、猛々しく勃起している。

信じられない。こんなもので感じているなんて。

俊也から啜り泣くような声が洩れた。自分はこんなにつらいのに、欲情している彼らが信じられなかった。

だが、ただ犯されるだけで許されはしなかった
ラジーブの長い指が、ダヤラムを咥えさせられて震えている襞の入り口に伸びた。痛いほどに広げられている襞を、指先が辿ってくる。

薄く広がった襞は驚くほど繊細になっていて、指で辿られただけで全身がビクビクする。

いやだ、これ。

「んっ……んぅ、っ」

「……くっ、それ、やめて下さい。神子の中が締まって……んっ」

半ばまで俊也を貫いているダヤラムも呻く。額に滲《にじ》む汗が、ダヤラムの快感を示していた。

気持ちよくなっているのだ、俊也で。

あまりのことに、もう俊也は泣くしかない。

「や……ぃや……あ、ぁ……んっ」

それでも、弄られて喘ぎ声がひっきりなしに洩れる。

ラジーブがクックッと笑った。

「いいではないか、ダヤラム。このままひと息に貫いてやれ。破瓜《はか》というのは、常に痛みを伴うものだ。だからこそ、初夜は忘れられないものになる」

「ラジーブ、それではあまりにシュンヤが気の毒だ。——せめて、やさしく破瓜してやれ、ダヤラム」

マハヴィルが取り成すように、ダヤラムに訴える。さらに、親切心のつもりか、俊也の花芯に触れてきた。握って扱《しご》き、さらに、俊也の胸にも唇を落としてくる。

「あ……んっ」

痛みとは違う疼《うず》きが、握られた性器と、唇で吸われる乳首から湧き上がってくる。

俊也は声を上げ、唇を噛みしめた。

感じたくない。こんな男たちに感じてしまいたくない。

しかし、続けざまにイかされた疲労、いつまでも続けられる詠唱に、正気を保つのが難しい。

そこに。

「……ひぃぃ——……っっ！」

マハヴィルのやさしさよりも、ラジーブの勧めのほうを採用したのだろう。ダヤラムがひと息に、俊也の最奥まで残りの雄を突き入れてきた。

俊也から裏返った悲鳴が溢れた。痛みと熱、ドクドクと脈打つダヤラムの雄が、俊也に自分が男に犯されたのだと、まざまざと教える。

――犯《や》ら……れ、た……男に……オレ……。

涙がとめどなく溢れる。けれど、しゃくり上げながら、俊也は喘いだ。ダヤラムからの痛みを忘れさせるように、マハヴィルの愛撫が俊也から声を搾《しぼ》り取るのだ。

「い……や……あぁ……んっ」

「いいぞ……中が馴染んできた。動くぞ、神子よ」

マハヴィルは俊也の痛みを軽減するためにやっているのだが、それは同時に俊也の身体を男たちに馴らすことに通じていて、より窮地に追い込んでいく。

ダヤラムがゆっくりと動き出した。

「ゃ……やめ……あ、あぁっ」

まずは試すように、捩《ね》じ込まれた怒張が動き始めた。

後孔からの引き攣れた痛み、それを打ち消すマハヴィルからの愛撫。

しだいに、俊也の意識が霞《かす》んでいく。

痛い――。

気持ちいい――。

痛い――。

気持ちいい――。

気がつくと、後ろを抉《えぐ》るダヤラムの動きが激しくなっていた。ガクガクと揺さぶられながら、後ろを使われる。

やがて、俊也を初めて犯した男が、低く呻いた。

「う、っ…………イ、く……！」

「っ……ひぃ……っ！」

自分の身体の奥深くで雄が弾けるのを、俊也は感じさせられた。

猛々しい男が絶頂に達し、中に熱い蜜液を放たれる。

数度腰を使って、男はすべてを俊也の肉襞に飲み込ませた。

「ん…………ん…………ふぅ」

最後に満足そうに、ダヤラムがため息をつく。

「とんでもない孔《あな》ですよ、神子のここは」

呟きは、雄の充足感に満ちていた。

それを聞いたラジーブが、面白そうに片眉を上げる。

「そんなにいいか。それは……楽しみだな」

だが、最初の話し合いの結果、ラジーブが俊也を抱くのは最後だ。

ズルリ、と肉奥からダヤラムの雄が引き抜かれた。無理矢理犯されて、俊也の後孔はひりついていた。

けれど、まだ終わりではない。あまりのことに啜り泣く俊也の両足を、マハヴィルがそっと押し広げてくる。

「すまない、シュンヤ。許してくれ……」

「謝るなら……しないで……」

どうか最後に理性を利かせてほしいと、俊也は泣きながら頼んだ。一人だけ、俊也をモノ扱いしないこの男なら、頼みを聞いてくれないだろうか。そう願う。

だが、マハヴィルも秘儀から逃れられない。

「一度しているから、今度はさっきほど痛くないはずだ。ごめん、シュンヤ」

「や……いやぁ…………あぅ、っ」

グチュ、と蕾を開かれた。ダヤラムよりももっと逞しい充溢《じゅういつ》が、濡れた蕾を押し開いていく。

「あ……あ……あ……いやだぁぁぁ……っ！」

俊也は絶望の叫びを上げた。それなのに——。

「なんだ、イッているではないか、ふふふ」

ラジーブの嘲笑《ちょうしょう》が、俊也の耳朶を叩いた。

頭がガンガンする。けれど、最奥までマハヴィルの男根に貫かれて、さっきまで痛かったはずの中襞がジンジン疼いていた。

「な、に……これ……ぁ」

「あぁ、そんな……こんなにイイとは」

困惑の呟きを洩らした俊也に、マハヴィルが悦びの声を上げる。ひくつきながら怒張に絡みつく柔襞に、達して蜜で濡れた下腹部に、蕩けて熱い吐息を洩らす唇に、マハヴィルが俊也の悦楽を感じ取り、うっとりと声を上げる。

「気持ちがいいのか。俺の雄で……」

「ちが……っ」

頬がカァッと熱くなった。性器を挿入されて感じるなんて、絶対に違う。そんなのあり得ない。

俊也は必死で否定するが、身体は別だった。

「よかった、シュンヤ……。俺も中で出すから、もっと……感じてくれ」

「そんな……そんな……あ、あぁ」

ゆったりと突かれ始めて、ますます中が熱くなる。もっと擦って、グリグリと抉られたくて、俊也の腰が勝手に動く。

「あっ……あっ……あっ……！」

「感じているな」

冷然としたラジーブの声。

それから、やや憮然としたダヤラムが、俊也を辱《はずかし》める。

「わたしの男で広げておいたから、あなたで感じるようになったんですよ、マハヴィル」

勘違いするなと釘を刺すような言葉だ。しかし、その口調には嫉妬《しっと》が隠されている。

憎らしい喘ぎだとでも言いたげに、ダヤラムが俊也の唇をキスで塞いできた。

「……ん、んんっ」

後孔ではマハヴィルのゆったりとした抽挿《ちゅうそう》。ラジーブが面白そうに、俊也の乳首を弾く。

「んっ……！」

「……くぅ」

蕩けるような口づけ、乳首への刺激で、俊也の後孔が締まったのだろう。マハヴィルが低く呻いた。

しだいに、抽挿の速度が増していく。

やがて、マハヴィルの終わりを感じ取った二人が、俊也の身体から身を離す。俊也はガクガクとマハヴィルに揺さぶられる姿を、二人に観賞された。

その中で、マハヴィルの怒張がドクリと膨張する。

達するのだ。

そうと悟った俊也から悲鳴が上がった。いやだ、二人目の男の精液を体内に出されるだなんて。

「やだ！　……やめて……出さないで……やだぁっ……っ！」

しかし、マハヴィルは俊也の腰をしっかりと捕らえたまま、激しく中を突き上げる。そして。

「シュンヤ、悪い……ごめん、イく……っ！」

「やだぁぁぁぁぁ――……っっ！」

ダヤラムよりももっと逞しく、マハヴィルの怒張が俊也の中で膨れると、爆発する。勢いよく飛び散った精液に、俊也は奥の奥まで濡らされた。

「ぁ……あぅ……んん、っ」

いやなのに、ガクンガクンと自らの下肢が揺れ、マハヴィルから最後の一滴まで搾り取ろうとするのを、俊也は呆然と感じていた。

信じられない。どうして、こんなに気持ちがいいのだ。男に犯されるなんて、冗談ではないのに。

マハヴィルが終わると、今度はラジーブの番だった。

「処女をいただけなかったのは残念だったが……」

悠然と言いながら、間をおかずにラジーブが俊也の下肢を押し開く。

「も……やめ……」

これ以上されたら死んでしまう。どうかなってしまう。

俊也は怯えた呻きを洩らした。

だが、それで止めるような男ではない。

さらに高まった詠唱の中、ラジーブに大きく下肢を押し開かれる。三人目の――最後の男が、俊也の花襞を犯していった。

すでに放たれた二人分の男の樹液がグチュグチュと溢れ出す中、ラジーブの雄を挿れられた。

「ぁ……あぁぁぁ……あぁ……」

長い悲鳴を上げて、俊也は最後の男の雄を受け入れていった。限界ぎりぎりまで、花弁が広がる。ダヤラムよりも、マハヴィルよりも、ラジーブの雄は猛々しく、重量感があった。

——無……理……。

けれど、なぜだろう。心は強張っているのに、身体はジュンと潤んで、突き入れられた雄に絡みついていく。

「なるほど、名器だな」

呟きとともに、ラジーブが身体が浮き上がるほどの勢いで、俊也を突き上げた。

「ひぃっ……っ！」

そのまま勝手に動き始める。突き上げて、襞を味わうように捏《こ》ね、また穿《うが》つ。しかも、ラジーブが動くごとに、先に中に放たれた二人の精液がかき回され、溢れ、淫らな粘着音を響かせた。

「あっ……いや、っ……いやっ！」

三人の中ではもっとも乱暴といえる抽挿なのに、俊也の頭の中で火花が飛び散る。胸を仰け反らせて、恥ずかしい嬌声《きょうせい》を上げていた。

力強く中を抉られ、俊也の中からなにかドロドロとした欲望が込み上げてくる。

——なに、これ……中がジンジンして……溶ける……っ。

ビクンと下肢を震わせて、俊也はほとんど透明な蜜を迸《ほとばし》らせた。

「抽挿だけでイッたのだから、わたしの雄が一番だな、ふふふ」

ラジーブが自慢げに、二人の男に言い放つ。ダヤラムもマハヴィルも悔しそうだ。

一斉に、俊也の身体に二人の手が伸びてきた。

「やぁぁ……っっ」

乳首を、性器を愛撫される。俊也の頭が真っ白になっていった。

――いやだ……や……誰か、助け……て……。

意識がしだいに霞んでいく。

「いい子だ、神子よ。もっと、コレで気持ちよくしてやろう」

「あっ……いやぁぁっ……あ、あ、あ……やぁぁ――っ！」

抉るような抽挿が、また始まった。ひくつく肛壁を擦り上げ、熱く濡れた襞を突き上げられる。

ラジーブが動くごとに、放たれた二人分の精液がグチュグチュと音を立てて、俊也の花襞から溢れだす。

「すごい……」

「これは……なかなかキますね」

見つめる二人の男から、興奮した囁きが零《こぼ》れた。

穿つラジーブの眼差しからも、冷静さが失われている。

「あ、あ、あ……ダメ……もぅ、ダ……メェェ……っ」

狂気のような悦楽が、俊也の脳髄を犯した。自分というものがフワリとどこかに消え、快感だけに支配される。

いや、快感そのものになる。

なにかが、細胞ごと自分とひとつになっていくのを感じた。ドロリとした悦楽が、いっそう強くなる。

狂う。おかしくなってしまう。

「いやあああぁぁぁぁぁ――…………っっ！」

絶叫とともに、俊也は自我を手放した。


長い長い時が過ぎていた。

詠唱が終わり、俊也は男たちの精液にまみれた姿で、寝台の上に身体を投げ出していた。

――終わっ……た……。

精も根も尽き果てていた。もう指一本も動かせない。

俊也を抱いた男たちもかなり疲労した様子だった。だが、俊也と違って汗に濡れた身体の上から脱ぎ捨てた服を羽織り、グルの前にひざまずく力は残っていた。

グルが三人に祝福を与える。

「初夜の儀式の最初の一夜は、無事すんだ。明日に備え、ゆっくりと休まれよ」

俊也を抱いた男たちが無言で頭《こうべ》を垂れる。そうして立ち上がると、名残惜しげにベッドに横たわる俊也を見つめながら、広間から出ていった。

虚《うつ》ろなまま、寝台に横たわっている俊也に、グルが歩み寄ってくる。俊也の顔にも、胸にも腹にも、ラジーブ、ダヤラム、マハヴィルの精液がたっぷりと注がれ、濡れそぼっていた。もちろん、自身が吐き出した蜜も。

その淫らな姿に、グルがクックと笑う。

「素晴らしい花嫁だ。男であったことは誤算であったが、充分花嫁の役が果たせたな、神子よ」

花嫁の役……そうだろうか。

グルの言葉を聞きながら、俊也はぼんやりと思った。もしも、俊也が本物の花嫁なら、夫を三人も持たないし、こんなにひどい抱かれ方はしない。

新婚の初夜の床というより、あれは野獣の交わりだった。ただ快楽の塊になり、貪り合った交合だった。

唯一やさしい男はいたが、その彼とても俊也を貪るのをやめはしなかった。

身も心も、もうボロボロだ。

——オレ……は……。

涙が一滴《ひとしずく》、俊也の目尻から流れ落ちた。

それを目にして、グルが言う。

「泣くな、神子よ。あと五夜、おまえは彼らと交わる。そのあと、二十八日間をあけて、また六夜、おまえは聖なる交わりをもつ。それを六度繰り返せば、おまえを通じて、彼らに神の恩寵が与えられる。おまえは聖なる神子になり、その後は数限りない信者に祝福を与えるのだ。一生――」

「いっ……しょう……」

なに……を言っているのだ。この老人は、いったいなにを言っている。

俊也の頭はグルの話す言葉を理解したくなかった。もし、シュンヤの理解が正しいのなら、それは――。

――俺は一生……こいつらの性奴隷になるってこと……?

言葉が理解されるにつれて、俊也の身体が震え始めた。さっきの三人にこのあとまだ凌辱され、それが終わったら、残りの一生をこのグルや、グルの信者たちの性具となって過ごす。

そんな……そんな馬鹿な。

「ぁ……あ、ぁ……ぁぁ……あ」

ワナワナと震える俊也に、グルが低く笑って囁いてくる。

「逃れることは叶わぬぞ、神子よ。おまえも感じただろう?　忘我《ぼうが》の境地での、神との合一を。

その悦楽を」

「合一……悦楽……」

細胞ごとなにかとひとつになった感覚を、俊也は思い出す。なにかと溶け合い、ひとつになり、蕩けて、快楽そのものになったあの時――。

「夜が進むごとに、神との合一の時は長くなる。そして、おまえはいずれ神そのものとなる。その日が来るのが楽しみだ、はははは」

俊也は愕然《がくぜん》と目を見開いた。神そのものだなんて、それはつまり、自分の自我がなくなるということではないか。あのおぞましい快楽だけの生き物になり、こんな異常な教団の信者たちに抱かれて生きるなんて、冗談ではない。

俊也は身じろいだ。力の入らない身体をなんとか動かし、グルから離れようとする。

「や……いやだ……」

自分は日本人だ。こんな神など知らない。彼らの神子になどなる筋合いはない。

だが、気がつけば寝台を取り囲んで詠唱していた僧侶たちも、皆欲望を滾《たぎ》らせた眼差しで、俊也を見下ろしている。

あの三人との秘儀が終わった数カ月後、自分は彼らにも犯されるのだ。

「いや……ぃや……だ……」

グルがニタリと笑った。男たちの精液にまみれた俊也を、好ましげに見下ろしてくる。

「案ずるな。今はまだ、おまえはあの三人のものだ。もっとも尊い恩寵を、わたしは彼ら一族の長に約束したからな。聖なる儀式の交合こそが、この世の栄華を約束する。他の者たちがいただくのは、その残滓《ざんし》だ。おまえを抱くことは、神と交わるということ。信者すべてに功徳《くどく》を与えて、おまえは神そのものになる」

そう言うと、グルは高笑いする。

取り囲む僧侶たちの欲望の眼差しに晒されながら、俊也は何度も首を横に振った。

耐えられない。どうして自分がこんな目に遭わなくてはならないのだ。

誰か助けて。

俊也はワナワナと震え続けた。

「……ふぅ」

シャワーを浴び、マハヴィルはひと息ついた。

この秘儀の期間を過ごすために、教団内に与えられた自室だ。寝室と居間、その他に浴室に洗面所、トイレまでついた、ホテルのように一式整った部屋だった。

バスローブだけを羽織った格好で、マハヴィルはリビングのソファにドサリと座る。腰は重く、全身が疲労していた。

あんなセックスは初めてだった。いやがる相手を無理に抱いたのも。

だが、マハヴィルたちを拒みながら、俊也の身体はどこまでも芳《かぐわ》しかった。その深みで、自分たちはどれだけ精を放ったことだろう。

——泣いて懇願する声にもそそられた。

その事実に、マハヴィルはゾクリとする。

自分はそんな変態野郎ではなかったはずだった。合意のない関係は結んだことなどないし、結ぼうとも思わなかった。

今回だって、これが仕事でなければやらなかっただろう。

だが、教団内部に潜入するために、マハヴィルは己の持つコネのすべてを駆使していた。

もし、マハヴィルがパテール財閥の御曹司という立場でなかったら、グルも秘儀には呼ばなかっただろう。おかげで、教団本部にまで入り込むことが可能になった。

ここにいる間に、自分には調べなくてはならないことが山ほどある。

マハヴィルは唇を噛みしめた。

この忌まわしい役目は、祖国インドのためだ。いまだ因習に囚われ、多くの障害がある中で成長しようとしている祖国には、内憂外患《ないゆうがいかん》多々あった。

内憂のひとつがこの教団だ。およそ二十年前から少しずつ上流階級にはびこり出し、今では政界・財界にまで隠然たる勢力を築こうとしている教団を、インド政府は危惧していた。

古来、権力者のそばには不可思議な占い師等がいたものだが、それにしてもここのグル――ヴィスワナート・アドヴァーニー――はやりすぎた。権力や財力のある者に取り入り、言葉巧みに政治に介入し、あるいは教団に富を蓄積した。

いったいなにを企んでいるのか。

だが、インドは近代国家だ。もはや前時代の遺物のようなまやかしの人物に容喙《ようかい》される余地など作ってはならない。

そのため、マハヴィルが潜入したのだった。

とはいえ、その偉大な目的のために、あんな女性も知らないような無垢な青年を複数の男たちで輪姦するはめになろうとは。

しかも、彼はインドの人間ではない。外国人だ。それも、今後はインドと繋がりを深めていく可能性がある日本の青年だった。

――なんとかして、彼だけでも逃がさなくては。

そのためには一刻も早く、グルを叩き潰すための証拠を集める必要がある。

疲労した身体に鞭《むち》打って、マハヴィルは動き始めた。

§第三章

「は……ぁ、あ……あぁ……んっ」

紗の下ろされたベッドの上で、俊也は身をくねらせている。切なげにひそめられた眉、桜色に染まった身体、すべてが淫らだった。

一晩ごとに、俊也は薄皮を剝ぐように変貌していった。

最初の平凡な青年からほのかな色香が、しっとりとした肌触りに艶が、凡庸な瞳に誘うような潤みが、健全な空気から気だるげな退廃が、男の硬い後孔に蜜壺の甘さが、そして今は、全身を濡らす汗といわず精液といわず、体液のすべてが芳しい淫香を発していた。

男を狂わすすべてが、この六夜で俊也に現れていた。

——あぁ……どうしよう、気持ちいい……。

伸しかかるマハヴィルに後孔を突き上げられ、俊也は濡れた喘ぎを上げる。心はこんなに嫌悪を感じているのに、身体は抱かれることを快感に変換していた。

そして、時々、意識がなくなる時が来る。よくて、よすぎて、なにもかもが溶けてしまうのだ。

マハヴィルは夢中で、俊也の花襞を穿っていた。

「う……あぁ、なんて身体だ……」

彼にとって、俊也を犯すことは非常な苦痛らしかった。きっと、元々はとてもやさしい人なのだろうと思う。

けれど、なんらかの事情でこの儀式に参加を余儀なくされている。彼は常に、申し訳なさそうに俊也を抱いていた。

最初は恨めしく思ったその気持ちも、秘儀が始まり六日目となった今は、唯一心を慰めてくれるものになっていた。

結局俊也を抱くのは同じでも、多少なりとも罪悪感を持ってくれている人のほうがまだましだ。

「ぁ……あぁ、んっ……マハヴィル……っ」

しがみつきたい。ただ一人俊也を思いやってくれるこの人に、抱きつきたい。

けれど、それは不可能だった。

反り返った俊也の胸にはダヤラムが吸いついていた。チュッと音を立てながら吸い、もう片方を指で弄っている。

一方のラジーブは、自身の剛直を俊也に握らせて、扱かせていた。

俊也を抱くのはマハヴィル一人ではない。常に、三人の男に身体を使われていた。

俊也の肉奥を突き上げていたマハヴィルが、低く呻いた。

「う……イく」

その言葉と同時に、俊也を穿つ動きが激しくなる。身体がリズミカルに浮き上がるほどに強く、マハヴィルに突かれ、また引き抜かれ、再び突き上げられる。

「あ……ひぃっ」

乱暴なほどの抽挿に俊也は背筋を仰け反らせて悲鳴を上げた。しかし、その肉襞は嬉しげに、自身を蹂躙《じゅうりん》するマハヴィルの雄に絡みつく。グチュグチュといやらしい音が耳をつき、俊也をいたたまれない気持ちにさせる。

しかも、紗が下りているとはいえ、狂宴のベッドは例の六人の僧侶によって詠唱とともに取り囲まれているのだ。彼らに俊也の悲鳴も、喘ぎも、すべて聞かれていることだろう。

だが、その理性もやがて雄の熱さに消えていく。熱く熟れた花襞を、マハヴィルに何度も強く抉られて、俊也の意識は霞んでいった。

「あ……あ……あ……あ、んっ」

乳首を弄っていたダヤラムが、赤く腫れたそれに軽く歯を当ててきた。カリと噛まれて、俊也の全身に痛気持ちいい快感が走る。キュン、と後孔が窄《すぼ》まった。

「……くっ！」

ドクリ、と中を貫いたマハヴィルの怒張が膨張して、爆発する。

「あっ……あぁぁぁぁぁ――……っ！」

熱い奔流《ほんりゅう》に最奥を犯されて、俊也も絶頂を駆け上がる。下肢がビクンビクンと揺れて、薄い蜜を吐き出した。

「……ふぅ」

マハヴィルが満足そうなため息をつく。それでも味わうようにまだ軽く、俊也の中に嵌《は》め込んだ怒張を揺らしているのがたまらない。

「ん……ん……ゃ」

「すごいな、また勃ってきたではないか」

俊也の下肢を覗き込んだラジーブが、クスクスと笑ってきた。

だが、すでに俊也の意識は悦楽の海を漂っている。

「次はわたしだな」

俊也に剛直を握らせていたラジーブが、それを引き抜いて、俊也の下肢に移動していく。

マハヴィルが忌々《いまいま》しげに舌打ちした。

「少しは間をおいたらどうだ。息も絶え絶えじゃないか、シュンヤは」

他の男たちは俊也を『神子』と呼ぶのに、マハヴィルだけは名前で呼んでくれる。

それが少し嬉しい。けれど、その嬉しさよりも今は、もっと後ろを抉ってくれる雄を求め出していた。

「あ……して……」

つい口に出した望みに、マハヴィルが渋い顔をする。淫乱な俊也に嫌悪を抱いたのだろうか。

いや、そうではない。日増しに淫儀に侵されていく俊也を憐れむように見つめ、そっと自身の男根を引き抜いてくれた。

そうして、ラジーブと場所を交代する。

「可哀想に……」

そっと頬を撫でられた。だが、ラジーブは鼻で笑う。

「可哀想？　快楽に従順になったほうが、神子には幸せだろう。どうせ、この先の一生を男に抱かれて過ごすのだ」

言い放つラジーブに、マハヴィルが眉をひそめる。

「おまえ、そんな言い方はないだろう」

「だが、事実だ。おまえの憐れみは、コレには悲劇しか生まない。ほら、見てみろ」

そう言うと、ラジーブは胸を弄っていたダヤラムをどかし、俊也の身体をひっくり返す。

そのまま、下肢だけ高く抱え上げて、背後からズブリと男根を突き刺していった。

「ひぃぅ……っっ！」

休むことなく与えられた挿入に、俊也が哀れな声を上げた。けれど、怒張を突き刺されたまま上体を起こされた下肢では、イッたばかりの花芯がもう実っていた。

――気持ちいい……あぁ、気持ちいい……。

乱暴なほどの扱いが、この際快感だった。虚ろな目をしながら、俊也はタラタラと蜜を滴《したた》らせる性器を男たちに凝視されて、さらに身体を熱くする。

──あぁ……男に抱かれて……こんなになっちゃうなんて……オレ……。

けれど、淫らになればなるほど、辱められればられるほど、俊也の情動は高まる。

ラジーブが鼻を鳴らした。

「休ませずともよかっただろう？　こんなに神子は感じている。さあ、どちらでもかまわないが、神子のペニスを舐めてやれ」

そう無造作に嘯《うそぶ》くと、自分は俊也の胸を弄り出す。乳首を抓《つま》んだり、むごく引っ張ったり、ひどい愛撫なのに俊也から上がるのは嬌声だ。

「あっ……あぁ、あ……ぁ、んっ」

ピクピクと揺れる花芯に、ダヤラムが舌なめずりした。

「胸をとられたなら、仕方ないですね。こちらはわたしが可愛がってあげましょう」

「んんっ……やぁぁっ」

パクリと性器を口に含まれ、俊也は濡れそぼった悲鳴を上げる。見開いた目はもうなにも見ておらず、快感だけを追っていた。

頭がおかしくなるほどの悦楽。それが俊也のすべてだった。

ほのかに、俊也の身体が燐光《りんこう》を発しているように変化する。それは、儀式の中で抱き合うようになり、しばしば見られるようになった現象だった。

淫らそのものになった俊也に、マハヴィルの眼差しがつらそうに歪む。だが、その憐れみも、自分だけでも俊也から離れる方向にはいかない。

狂った俊也は、あまりに芳しすぎるのだ。男を誘うフェロモンで満ちて、儚《はかな》い理性では到底逆らえない。

欲しい。

憐れみと欲望の入り交じった眼差しで、マハヴィルが俊也の唇を奪う。

すぐに、俊也の舌が絡みついてきた。

「ん……ん、ふ……ぅ」

水音が三点から聞こえる。ラジーブに穿たれる後孔、ダヤラムに口淫されている花芯、そして、マハヴィルにディープキスをされている唇——。

狂乱の夜は、これが最後だ。次のチャンスは、二十八日後になる。

最後の名残に、男たちは俊也を心ゆくまで味わった。


気だるい目覚めに、俊也はこの六夜で慣らされていた。

身体が重い、頭に霞《かすみ》がかかっている。

ため息をついて、俊也は目を開けた。異常なセックスの夜は、昨夜でとりあえず終わりだった。

このあとは、しばらくなにもされずにすむ。

けれど、と俊也の目が潤んだ。この六晩で、俊也のなにかが確実に変えられてしまったことが、自分自身でわかっていた。

インドに来る前、俊也はごく当たり前の大学生だった。自分から告白する勇気はなかったから、いまだ恋人などがいたことはなかったが、それでもいつかは可愛い恋人ができて、人並みの楽しい時期がやってくると信じていた。

まさか、自分が『女』にされることがあるだなんて――。

小さく鼻を啜って、俊也は涙した。ただ『女』にされただけではない。三人の男からの異常な行為で、信じられないほど感じてしまったのだ。

自分がどれだけよがって、男たちの挿入に腰を振っていたか、俊也はちゃんと覚えている。行為が佳境に入ると記憶が霧の中に消えていくが、そこに入るまでのことはよく覚えていた。

彼らに教えられて、騎乗位で自分から腰を上下させることまで、俊也はしてしまっていた。

後ろから抱きかかえる体勢で挿入され、子供のように背後から足を開かされ、すべてを晒されたことだってある。雄を呑み込んで喘いでいる俊也の胸に、性器に、他の二人がしゃぶりついてきて、いっそう身体を蕩かされた。

しかも、六夜が終わったからといって、これで最後ではない。二十八日という間をおいて、また彼らに蹂躙される六晩が待っている。

それを六回、繰り返される。

ラダに教えられたが、六も二十八も、数学的には完全数と言われる数字だった。

この教団ではそれを聖数として、特別に敬《うやま》っている。

思えば、聖書で神がこの世を作ったのは六日間であったし、月の満ち欠けが一巡するのは二十八日だった。

そう考えると、六も二十八も単に完全数という意味以上のものがあるように思えてくる。

完全数の数だけ交わり、完全な身体の人間を神子に選ぶ——。

さらに俊也は、四百九十六年に一人の特別な神子だった。この四百九十六というのも完全数だ。

この教団はずいぶん完全にこだわる教団だと、俊也は思った。

——完全な左右対称……か。

自分の身体がそうだと、俊也は考えたこともなかった。しかし、ラダに言われて顔の半面に鏡を当て、右半分だけでひとつの顔を作った時、通常は違和感があるはずのその造形が、俊也に限ってはなんの違和感もなかった。

左半分の顔で同じように作っても、印象は変わらなかった。

そんな自分を、ラダが崇拝の眼差しで見つめていたことを、俊也は思い出す。

頭がおかしくなりそうだった。

それに、あのセックス——。

俊也には人と比べられるような経験はたしかになかったが、それでも、彼ら三人との交わりがなにかおかしいくらいの見当はついた。

感じすぎるのだ。だいたい、一晩に八度も九度も達するのは、いくら俊也が二十歳の若さであっても異常だった。それもあんなに続けざまに。

いったい、自分の身体になにが起こっているのだろう。もしかして本当の本当に、ただの異端の宗教組織ではなく、なんらかの不思議な真実がここにはあるのだろうか。

そう考えるのは、恐怖だった。

なぜなら、もし、この教団が本当に不思議な力を行使できるのなら、俊也に逃げるチャンスはないということになる。

超能力なのか魔力なのか、とにかく普通とは違う力を使う集団に、自分のようなごく普通の人間が対抗できるとは思えなかった。

鼻を啜りながら、俊也は起きようとした。

と、ひそやかなノックが聞こえて、俊也は身を縮めた。きっとラダが目覚めの紅茶を持ってきたのだろうが、この淫乱な行為が始まって以降、俊也は人に会うことを恐れていた。特に、無邪気な少年のラダに尊敬の目で見つめられるのがつらい。

けれど、黙っていてもラダは入ってくる。

俯いたまま、俊也はベッドに腰かけるように起き上がった。

絨毯を踏む影が、ベッドに近づいてくる。そろそろ「おはようございます！」と明るい声がかけられるはずだった。

だが、なぜか今日のラダは無言だ。

不思議に思って、俊也はつい顔を上げた。

その目が大きく見開かれる。

「あ、あなたは……」

とたんにブルブルと全身が震え始めた。

トレイを手にした男が、慌てたようにサイドテーブルにそれを置いて、俊也の前に膝をつく。

「怖がらないでくれ、なにもしないから」

入ってきたのはマハヴィルだった。懇願するような眼差しで、俊也を見上げている。

その目にあるのは心配と悔恨《かいこん》、許しを乞う真摯《しんし》さのみで、夜の間の淫靡《いんび》な色は消えていた。

しかし、なぜマハヴィルがここにいるのだ。

俊也は震える唇を開いた。

「ど……どうして、ここに……」

声が、自分でも情けないほどに震えている。それほど、抱かれ続け、快感を与えられ続けた六夜は、俊也の心に傷を刻んでいた。

沈鬱に、マハヴィルの黒瞳が曇る。

だが、なにか話があってここに来たのだろう。思い直したように毅然《きぜん》と、俊也を見つめてきた。

「ちょうどそこでラダと行きあったから、俺が運ぶと、代わったんだ。――紅茶を飲むかい、シユンヤ」

「いえ……」

なんの目的でここにいるのかのほうが気になって、俊也はなにも口にする気になれない。

そんな心境がわかるのだろう。マハヴィルは小さくため息をついて、ついで訊ねてきた。

「それでは、単刀直入に訊くよ。シュンヤ、君は日本に帰りたいかい?」

「……っ!」

思いがけない質問に、俊也の顔が弾かれたように上がった。

「どうして……」

驚きを隠せない口調で訊ね返す俊也に、マハヴィルが苦く微笑む。

「償《つぐな》いだ。役目のためとはいえ、君にひどいことをしてしまった。だから、もし、君がここから逃げたいというのなら、俺が手引きしよう。どうだ、シュンヤ」

真摯な口調だった。その申し出に嘘偽りはないように感じてしまう。

だが、と俊也は気持ちを引きしめた。マハヴィルはたしかに、俊也に対して同情的だったが、それでも、彼も凌辱をやめはしなかった。他の二人と一緒に、俊也の身体を貪り食った。

その男の言うことを簡単に信じていいのか。

俊也は慎重に口を開いた。

「……そんなことをしたら、あなただって教団を裏切ることになるけど、いいの？　それに、あの儀式……あれも途中で終わることになるけど……」

役目のために自分を抱いたのなら、最後の儀式が終わるまでは自分を逃がせないはずだ。それなのに、なぜと俊也は訊く。マハヴィルの役目というのは、秘儀を終えて、神の恩寵とやらを受けることだろうと思ったからだ。

だが、返ってきたのは、思いがけない答えだった。

「そうだな。逃がしてやると言っただけでは、君も俺を信用できないよな。だから……本当のことを話す。君も誰にも言わないでほしい」

「本当の……こと……？」

俊也は眉をひそめた。しかし、マハヴィルがなにかただならぬ秘密を打ち明けようとしていることは伝わってくる。いったい、どんな真実なのだろうか。

マハヴィルは真っ直ぐに、俊也を見上げていた。そうして、声を潜める。

それは意外な答えだった。

「──わたしは、信者ではない」

「……え？」

「この教団のことを調べるために、あえて信者を装っているだけだ」

そうして、口早に事実を囁いてくる。

俊也は呆気にとられて、マハヴィルの語る真実を聞いていた。

囁かれる内容は、驚くべき話だった。まさか、マハヴィルが教団壊滅のために潜入したインド政府からの工作員だったとは。

「うちは、ラジーブのようなマハラジャの家系でも、ダヤラムのような政界の名門でもないからね。親父はたたき上げの労働者だ。だから、あいつらのような摩訶《まか》不思議なまやかしなんて、端《はな》から信じちゃいない。うちは、徹底した現実主義者だからね。それに……俺たちはこの国を愛している。財閥と言われるまでに立身出世させてくれた今の体制を、民主主義を信じている。あんな怪しげな男になど、このインドを好きに操らせたくない」

きっぱりと言いきったマハヴィルを、俊也は見つめた。強い口調のそれは、新鮮でもあった。

——俺たちはこの国を愛している。

俊也自身、考えたこともない言葉だった。というより、今の日本でそんなことを口にしたら、なにを大袈裟《おおげさ》なと笑われること確実だろう。

だが、マハヴィルは真面目だった。彼の真意なのだ。そのために、俊也を抱くことまでした。

そこまでして、グルたちに疑われまいと、信者を演じきった。

それでは、と俊也は眉根を寄せた。

「……オレを逃がしたら、あなたが疑われるんじゃないのか？」

そうしたら、こんなに苦労して入り込んだすべてが無駄になる。

俊也の問いに、マハヴィルはやさしく微笑んだ。

「俺の立場を気遣ってくれるのか。君はやさしい子なんだな、ありがとう。だが、大丈夫だ。疑われるようなヘマはしない。それよりも、この秘儀を妨げることのほうが重要な気がするんだ」

「気がする……？」

いやに曖昧《あいまい》な言い方だ。それが不審で、俊也は首を傾げて、マハヴィルを見下ろした。

マハヴィルは依然として、床に膝をついている。

俊也の問いに、マハヴィルも困惑したような表情を見せた。

「君は……感じなかったか？　四人での行為の異常さを。俺たちは皆、感じすぎている。一夜に八度も九度も達するのは、常軌《じょうき》を逸《いっ》しているだろう。……おそらく、グルは麻薬成分のあるなにかで、俺たちの感覚を狂わせているのだろうと思う。だとしたら、こんな儀式を半年間も続けるのは……危険だ」

考え考え口にされたマハヴィルの答えに、俊也は唇を噛みしめた。マハヴィルの疑惑は、俊也の疑問でもあった。

性的な行為は自慰くらいしか経験のない俊也でも、自分がイける回数くらいはわかる。ならば、いかにも経験が豊富そうなマハヴィルが、自身の異常を感じないはずがない。

やっぱり、グルがなにかしていたのだ。最中に、俊也が溶けるような思いをたびたび味わったのも、きっとマハヴィルが言ったとおり、なにか麻薬的なものを使われたせいなのだ。

そう考えると、グルへのわけのわからない恐怖が少し薄らいだ気がした。

魔力なんて非科学的なものはない。なんにでも、ちゃんと理由がある。

そして、もしもマハヴィルの言うとおり、あの秘儀に麻薬が使われているとしたら、中毒になるほどこの場にいたくない。

俊也はマハヴィルに向き直った。

「本当に、オレを逃がせるのか？」

「かなり……君にも頑張ってもらう必要があるが」

当然だろう。

俊也は頷いた。こんな状況なのだ。パック旅行のツアー客のように、上げ膳据え膳で助けてもらえるなんて思っていない。

「やる」

「いい子だ。では、手順を説明する。まずここの位置だが、ここはウダイプルの近くで――」

マハヴィルの話に、俊也は真剣に聞き入った。

十日後――。
心臓がドキドキする。

俊也は手はずどおり、夜、自室を忍び出た。

マハヴィルが手を回して、グルが在家信者に招待されるようにしてくれた夜だ。

秘儀の中間期である二十八日間に入って、俊也への警戒も緩んでいた。そうなるように、ことさら萎《しお》れた振りを装ったおかげだ。

一度などは、ラダに自慰をしているところを見られてもいた。

もちろん、マハヴィルの指示あっての行動だ。

自慰を目撃されて、俊也は真っ赤になって恥じ入ったが、かえってそれでグルからの信用を得た。俊也の意識がかなり、淫事に浸っていると判断されたからだ。

どうやら、この秘儀は神子となった対象を、房事《ぼうじ》のみで染め抜く効果があるらしい。

マハヴィルが教えてくれたが、二十年前に秘儀によって巫女となった女性はすでに正気を失い、セックスのことしか考えられない状態に堕《お》ちて長いという。

巫女にされて二十年。その間、信者たちの欲望の対象にされ続けて、その女性はいったいどんな状態になってしまっているのだろう。

それは、俊也の未来の姿でもあった。このまま教団に囚われ続ければ、自分も彼女のように自我を失くしたセックス・ドールにされてしまう。

——冗談じゃない。

自分はごく普通の大学生だ。日本人で、こんなことがなければごくごく平凡な人生を歩むはずだった。そのコースに、今からでも戻るのだ。

俊也の腹には、マハヴィルが取り戻してくれたパスポートと、今後使用するはずの現金がサッシュで巻かれて収まっている。

さらに、インド風の地味な衣服も、マハヴィルは用意してくれていた。

足音を忍ばせて、俊也は屋敷の裏手に回った。そこには、マハヴィルが待っていた。

「こっちだ」

言葉少なに、俊也を外へと導いていく。人気《ひとけ》のない厨房を通り抜け、そこから裏口に向かう。

マハヴィルが鍵を開けて、二人で外に忍び出た。互いに無言だ。

広大な庭園を、俊也はマハヴィルとともに駆けた。時間に間に合わせる必要があった。

五分ばかり走って、ようやく目的の場所が見えてくる。そこは下働きの信者たちが住む小屋で、毎晩どこかから廃棄されたくず野菜などが運び込まれていると、マハヴィルが言っていた。

勝手口に小型のトラックが止まって、ずだ袋に入ったくず野菜を運び込んでいるのが見える。

「――おい、これで最後だ！」

そう言って、男が荷台からずだ袋を二つ抱えて、出てくる。

それを聞いて、荷物運びをしていた男が、トラックの荷台のテールゲートを上げた。

それから、運転席に回る。

ほんの一瞬の時間だった。無人になった荷台側に、俊也とマハヴィルは駆け寄った。テールゲートの上がった荷台に飛びつくと、背後からマハヴィルが俊也をトラック内に押し上げる。最後のくず野菜を運び込んだ男が戻ってくる前に、首尾よく荷台の中に潜《もぐ》り込んだ。

振り返ると、マハヴィルは素早く、庭園の木の陰に身を隠している。

ここでマハヴィルとはお別れだ。あとは、彼の指示どおりに行動するだけだった。

俊也は小さく、マハヴィルに頭を下げた。

——ありがとう。

彼の助けがなかったら、こうして教団から抜け出すことなどできなかった。

頭を下げることで礼に代えた俊也に、マハヴィルが軽く頷く。

やがて、心臓がバクバクとする中、男が戻ってきた。なにか挨拶《あいさつ》を交わしながら、助手席に乗り込む。

そして、トラックが走りだした。俊也を荷台に隠したまま、門を通過して、外に出る。

荷台の中は腐ったようなすえた臭いがした。

自分は山海の珍味を口にしながら、末端信者には屑を食べさせるグルに、俊也は眉をひそめる。

「……最低だ」

グルこそがクズだった。

ウダイプル近郊にあった教団本部から、トラックは町へと入っていく。腹に巻いたサッシュから小額紙幣を上着のポケットに取り出し、俊也は町中の信号で停車した時に、トラックから降りた。そうして、雑踏の中に消え、タクシーを捕まえる。

そこからウダイプル・シティ駅に向かい、デリー行きの夜行列車に乗った。

こうして、俊也は異常な教団から逃げ出した。


俊也の逃亡が発覚したのは、翌日の昼近くだった。教団に来て以降、俊也の起床は遅く、そのためラダが気づくのが遅れたのだ。

「申し訳ありませんっ」

平伏《へいふく》するラダを、グルは冷ややかに見下ろした。すでに他の僧侶から、ラダは懲罰《ちょうばつ》の暴行を受けている。罰はもう充分だった。

「よい、下がれ」

グルは手を振って、ラダを下がらせる。高位の僧侶が、グルに問いかけた。

「よろしいのですか。神子様を追わずとも」

心配そうな僧侶に、グルは薄く笑った。

「今少し待て。自分がどれほど変わったか、しっかりと自覚させてからのほうがいいだろう。じきにわかる」

祭壇を振り返ったグルの目が、不気味に光っていた。

§第四章

広げたノートを閉じ、筆記具をしまう。

講義が終わって、俊也は教科書類を鞄《かばん》に片づけた。

新学期が始まって、数日が経っている。夏休みのインド旅行は、もう二週間以上前に終わっていた。しかし、俊也の顔色は優れない。

三日前から始まった夢のせいだ。

「……どうしたんだよ、向井。具合でも悪いのか？」

友人の内藤《ないとう》が、心配そうに俊也の肩に手を置いて、顔を覗き込んでくる。

温かな掌《てのひら》の感触に、俊也はピクリと震えた。身体の奥底から、夢で掘り起こされた淫らな衝動が湧き上がってくる。

——馬鹿！　ここは大学だぞ。

昼間の教室でそんな衝動を感じるなんて、自分はどうかしている。

「ちょっと……ごめん。今日はもう帰るわ」

「そ……か。そうだな。休んだほうがいい。あとの講義のノートは、他の連中にも声をかけておくから心配するな」

「……ありがとう。じゃあ」

そそくさと、俊也は内藤から離れて、教室を出た。逃げるように、講義室を出ていく。

それを、内藤がどこか名残惜しげな様子で見送っていた。

俊也は唇を噛みしめた。友人たちは、インド旅行以来様子のおかしい俊也を心配してくれて、いろいろと気を遣ってくれる。

それに心癒されて、俊也もインドでのことは夢だったのだと思えるようになっていた。

それなのに、あの淫らな夢――。

指折り数えてみれば、三日前のあの夢が始まった日は、あの儀式からちょうど二十八日目のことだった。もし、あのまま教団にいたら、またあの三人に犯されて、狂乱の儀式が続けられていたはずだ。

けれど、自分が今いるのは日本だ。無事に帰国でき、追っ手もやって来なかった。

逃げた俊也を諦めたのか。それとも、途中で儀式をやめると彼らにとって意味がなくなるのか。理由は不明だ。しかし、とにかく教団から追っ手はかからず、俊也は滞《とどこお》りなく日本での平凡な日々を再開できた……はずだった。三日前までは。

鞄を抱えて俯いたまま、俊也は大学を出て、駅に向かった。一刻も早くアパートに帰って、一人になりたい。

身体が熱かった。さっき内藤に肩に触れられたように、不意に触れられたら、妙な声が出てしまいそうなほど、全身が過敏になっていた。

山手線《やまのてせん》に乗って、一心にアパートを目指す。しかし、考えまいとしても気がつくと、俊也の頭は昨夜の夢を反芻《はんすう》していた。

ラジーブ、ダヤラム、マハヴィル——。

俊也を抱いた三人の男たち。それぞれ逞しく、あるいはしなやかで、傲慢に、繊細に、謝罪しながら、俊也の身体を押し開いた。男たちはそれぞれのやり方で俊也を犯し、その身体を我がものとした。

一人のモノを挿入され、別の男のモノを口に咥えさせられ、もう一人の男に自身の性器を嬲られる。

異様な感覚、異様な時間。

あの六夜を、俊也は嫌悪していたはずだった。二度と思い出したくないと、記憶の底に封印したはずだった。

そして、それはある程度うまくいっていた……はずだった。それなのにどうして、儀式でもないのに彼らとの夜を夢に見る。

少し混み合ってきて、後ろのサラリーマンに俊也は押された。俊也よりだいぶ身長の高い男で、触れられた瞬間、胸がキュンと疼く。

「……ん」

上がりかけた声を嚙み殺し、俊也は青褪《あおざ》めた。こんなことで、こんな程度でゾクゾクするなんて……。

これ以上変な声が出ないよう、俊也は身を固くして、他人との接触に耐える。

けれど、アパートのある駅で降りた時、俊也の呼吸は上がっていた。

人の視線を感じる気がする。もしかして、俊也が混み合った電車に感じて、喘いでいたことに気づかれてしまったのだろうか。

羞恥に、頰がカッと染まった。

だが、俊也が冷静になってきちんと周囲を見回したら、彼らの視線に違う意味があることに気づいただろう。

欲情されていたのだ。頰を薄赤く染めて俯いている俊也に、周囲の男たちはそそられていた。

気づかないまま、俊也はアパートに駆け戻った。

――恥ずかしい……！

もうあの時間の電車には乗れない。一人で喘いで、一人で感じている姿を見られていたのだと思うと、俊也は恥ずかしさでいたたまれなかった。

しかも――。

アパートのドアを閉めた俊也は、そのままズルズルと座り込んだ。下肢が熱く、濡れている。

啜り泣きが、俊也から洩れ落ちた。電車の混雑に感じた挙げ句、周囲の視線を感じた瞬間、イッてしまったなんて。

「なんでこんな……」

顔を覆い、俊也は泣き伏す。自分で自分がわからなかった。やっとインドを忘れたと思ったのに、なんとか元の生活に馴染もうとしているのに、どうして——。

俊也は膝に顔を埋めて、身を固くしていた。まるで、そうすれば身の内を焼くこの情動が消えてなくなるとでも思っているかのように。


三日後。

ワンルームのアパートで、俊也はカーテンを閉めたまま、膝を抱えて小さくなっていた。目の下にはげっそりとした隈《くま》ができている。

六夜続いた淫夢のせいだ。夜毎俊也を苦しめ、まるで本当にあの三人に抱かれているかのように、身体を消耗《しょうもう》させた。

信じられない。

夢はキッチリ六夜続いた。前回の儀式からちょうど二十八日後から始まり、六夜で終わる。まだ今夜が来るまでは確認できないが、おそらく今日はもうあの淫夢は見ないだろうことが、俊也にはわかっていた。

追ってきたのだ。

あれは薬かなにかのせいでおかしくなっただけのことではなかったのか？

なにかに縋るような思いで、俊也はそうであることを願った。

だが、心の一方では理解していた。

あれは薬ではない。麻薬のせいで異常に興奮したのでもない。

——でなければ、どうして……！

昨日から、俊也は大学に行っていなかった。

男たちのせいだ。

四夜目の淫夢の翌日、俊也は痴漢に遭った。それも、一度ではない。大学への行き帰り、車両を変えればまた別の男が、俊也の身体に触れてきた。

挙げ句、「これから、どう？」と誘われた。

男たちは皆言った。いい匂いがする、と。

自分からなんの匂いがするというのだ。自分はごく平凡な男だ。容姿だって特別綺麗とか、格好いいとかいうわけではない。男性どころか女性にだって、もてたことなどなかった。

それがいきなり、複数の男からあんなことをされ、言われるなんて。

もしや、あの淫夢のせいでフェロモンのようないやらしいなにかが漂って、他人《ひと》を惑わしているのではないだろうか。

耐えられなかった。

彼らはいったい、俊也になにをしたのだ。あの儀式はなんだったのだ。

「オレ……どうなるんだよ……」

俊也はガタガタと震えた。あの教団から逃れたと思っていたのに、少しも逃げてはいなかった。日本に帰ってもなお、彼らは俊也を囚えて離さない。

この先、自分はどうなるのだ。どんどん変わっていって、それから？

今はまだこういう自分を受け入れまいとする気持ちが勝っているが、そのうちに心まで淫乱に染まってしまったら——。

それが、俊也は恐ろしかった。だが、防ぐためにどうしたらいいのか、わからない。

自分の身になにが起こっているのか解明するために、もう一度あそこに戻るのはいやだ。またあの儀式に引き込まれ、あの男たちに抱かれたくない。

よすぎて……。

彼らとの行為は異様によすぎて、俊也を怯えさせる。夢でさえ、もうたくさんだった。

となると、別の方法を考えなくてはならない。

不可思議なことだから、いわゆるスピリチュアルな専門家に見てもらったらいいのかもしれない。

だが、ああいう手合いの誰が本物で、誰が偽物なのか、俊也にはわからなかった。

偽物に相談しても時間の無駄だ。訊くのなら、ちゃんとした人物にしたかった。

しかし、そんな知識など、自分にはない。

六夜目の淫夢の中で、俊也はラジーブに拘束されながら、マハヴィルの指で後孔を開かれ、ダヤラムの手で蕾に大きなサファイアを挿れられていた。

サファイアはネックレスになっていて、ダイヤが首飾り部分になっている。その一粒一粒も、無慈悲なダヤラムに挿れられた。

『すごい……ヒクヒクして、美味しそうに宝石を咥えている……。なんて淫らな……』

指で俊也の花襞を開いているマハヴィルが、コクリと唾を飲みながら、言ってくる。相変わらず俊也に同情を覚えていながら、欲情するのを止められないようだった。

それに彼には任務がある。疑われないためにも、俊也を抱くよりほかない。

ダヤラムの返事は冷淡だ。

『いやらしい孔ですね。最初の時はあんなにいやがっていたのに、今ではこんなものもあっさり咥えて……』

『仕方がないだろう。快楽の果てに悦びを与える神子だ。ダヤラム、そのままおまえのモノを挿れてやれ』

傲慢なラジーブが、ダヤラムに勧めてくる。三人の中でもっとも酷薄《こくはく》なのが、ラジーブだった。マハラジャという血筋のせいだろうか。俊也を扱うのに容赦がない。

『ひどい人ですね、あなたは』

ダヤラムがクスクス笑いながら、マハヴィルに指を抜けと言ってくる。

『まさか、本当にやるのか？　シュンヤが可哀想だ』

マハヴィルが止める。

しかし、それでやめるようなダヤラムとラジーブではなかった。

いやむしろ、マハヴィルの言葉がダヤラムを苛立たせたらしい。

『一人だけ上品ぶるのはやめて下さい。結局、あなただって神子を犯すのですからね。それとも、今を限りに、もう神子を抱くのをやめると誓えますか？』

冷ややかなダヤラムの問いに、マハヴィルが肩を落とす。本当にすまない、とその目は言っていた。だが、指を後孔から引き抜いてしまう。

それを確認して、背後から抱えていたラジーブが、俊也を寝台の上に寝かせる。

『そんな……』

俊也は絶望の呻きを洩らした。やさしいマハヴィル――けれど、最後まではやさしくしてはくれない。彼には彼の務めがあるから。

『……すまない、シュンヤ。せめて、少しでもおまえが楽になるようにしよう』

そう言うと、マハヴィルが俊也の胸に唇を落としてくる。

『……やっ』

チュッと吸われ、俊也は濡れた声を上げた。

乳首がこんなふうに感じるだなんて、俊也は彼らに抱かれるまで知らなかった。

男の乳首なのに――。

だが、いまや俊也のその器官は、快楽の源《みなもと》の一つと化していた。マハヴィルが乳首を吸い、あるいは舌先で突くたびに、背筋がビクビクと仰け反る。

これがやさしさなのか。こんなやさしさなんていらない。

感じるくらいなら、痛みに引き裂かれたほうがはるかにマシだった。少なくとも、身も心も彼らの仕打ちを嫌悪できる。

だが、気持ちよくさせられたらダメだった。

さらなる快感に喘ぎ始めた俊也の足を、ダヤラムが押し開いてくる。

グチュリ、と震える襞を雄の充溢で開かれ始めた。

『あ、あぁ……やめ、て……ん、ぁぁ』

ゆっくりと、中の宝石をさらに奥に押し込めるように、ダヤラムは自身を俊也の中に挿入していく。

熱く逞しい雄の侵入、その先の硬い宝石による奥地への刺激に、俊也の喘ぎは乱れた。

『あっ……あっ……あっ……あぁぁ、ゃ……っ』

怖いくらいに奥まで、大きなサファイアのネックレスが押し込まれていく。

——こんなに深くまで……気持ちいいなんて……。

肛壁のすべてが、いつからこれほどまでの性感帯になったのだろう。どこもかしこも、抉られ、擦られることに淫猥《いんわい》に蠕動《ぜんどう》していた。

『んっ……これで全部だ』

ダヤラムの低い呻きと、満足そうな呟き。グン、と奥を突かれて、俊也は小さな絶頂を味わわされる。

『あ、あ、あ……いやぁぁ……』

けれど、花芯から蜜は解き放たれない。

達することができないのは、ラジーブに根元を縛《いまし》められたせいだった。

俊也の性器を素早く握りながら、ラジーブがニヤリと笑う。

『いけないいな、こんなに簡単にイッては。もっと淫らになり、わたしたちを楽しませるのが、おまえの役目だ』

『そんな……ぁ、ん……っ』

俊也は喉を反らせて、涙を零す。

俊也の窮状《きゅうじょう》に、胸に顔を伏せていたマハヴィルが顔を上げる。念入りに愛撫され、俊也の乳首は二つとも、可憐に赤く腫れていた。

それを、マハヴィルが指で抓む。

『あぅ……っ、ん！　や……マハヴィ……ル……』

もうやめて。せめて、マハヴィルだけでも俊也を苛《いじ》めないでほしい。

そう願って、俊也はマハヴィルを見上げる。

だが、憐憫《れんびん》に染め抜かれながらも、マハヴィルの眼差しは欲情に興奮していた。

まさか、マハヴィルも――。

『すまない……』

低い呟き。そして、再びマハヴィルの頭が俊也の胸に伏せられる。

『やぁぁ……っ』

チュッチュッと乳首を啄《ついば》まれて、俊也は濡れた悲鳴を上げた。

頭上から、ラジーブの呆れた声が降ってくる。

『すまないと言いながら、おまえもなかなかひどい男だ、マハヴィル。だが、欲望に逆らえないおまえも、わたしは好きだよ、ふふふ』

『そうですよ。結局、わたしたちの誰も、神子の芳しい身体には逆らえないんです。最初から素直に、欲望に従っていればいいんですよ』

そう吐き捨てると、ダヤラムが俊也の腰を摑む。

『わたしも、もっと気持ちよくさせてもらいましょう』

言葉と同時に、ダヤラムが動き出す。始まった抽挿は、最初から大きなグラインドで俊也を惑乱させた。

『あ……あ……やだぁっ……』

突き上げられるごとに、最奥を捩じ込まれた宝石で抉られ、身も世もない悲鳴が上がる。

よくて。よすぎて、頭がどうかしてしまいそうだった。

けれど、ラジーブに縛められているから、最期は来ない。

『助けて……助けて……あぁっ』

許しを請う俊也に、ラジーブが鼻を鳴らす。

『神子の淫らさは、我らにとっての毒だな。少し黙っていろ』

そう言って、俊也の顔を横に向けさせる。悲鳴を上げる口に、ラジーブが怒張を咥えさせてきた。

ラジーブは俊也の口が好きだ。口の中に出すのも、顔にかけるのも、どちらもラジーブを興奮させるようだった。

『んん……ん、ぅ』

俊也は顔をしかめて、苦しい呼吸でラジーブの怒張に舌を絡ませる。

熱くて、甘い。

最初の頃はあんなに青臭いと思っていた雄の精液が、今ではなぜか甘やかに感じていた。

まるで媚薬のように、俊也を熱くさせる。

ダヤラムが満足そうに呻いた。

『んっ……いいですね。ラジーブのモノを咥えると、こちらもよく締まって』

すると、その言葉に嫉妬したのか、マハヴィルが俊也の乳首を噛む。

『ひぅ……っ、ぁ……あぁ……い、たい……』

『痛いのも感じるだろう？』

暗い、マハヴィルの声が聞こえた。マハヴィルまで俊也を責めるのか。

俊也の目尻に涙が滲む。だが、すぐにラジーブに嬲られる。

『具合がよさそうだ。痛いと言うわりには、こちらが、ほら』

『これは……イきたくて泣きっぱなしになっているではないですか』

ダヤラムが含み笑いながら、なじる。

マハヴィルは無言だ。時折噛んだり、舐めたりしながら、俊也の乳首を責め続ける。

口には熱いラジーブの雄。

花芯はいやらしく扱かれながら、根元を縛められている。

後孔を穿つのはダヤラムだ。俊也のいいところを重点的に苛めるように、ダヤラムは中を抉る。

もう俊也の思考はまとまらなかった。気持ちがよくて、よすぎて、快楽だけの塊になって喘ぎ続けるしかない。

そうして、ダヤラムが俊也の中でイくと、今度は三人に見つめられながら、挿れられた宝石を産むことを強いられる。

『あ……あぁ……で……出る……あぁ！』

恥ずかしい声を上げながら、俊也は彼らの視線に焼かれながら、宝石を後孔から産みだした。まず、小さなダイヤをツプツプと、それによって小刻みに花襞を刺激されながら、卵ほどのサイズのサファイアに襞を大きく広げられる。

途中まで産みだし、サファイアを咥えてヒクヒクしている花弁の慄《おのの》きを、三人に凝視された。

『いや……見ないで……ぇぇ』

『なぜだ。淫らなおまえは、とても美しい……』

感に堪《た》えない口調で、ラジーブが洩らす。

ダヤラムの眼差しも燃えていた。

背後から俊也を抱きかかえているマハヴィルは、コクリと喉を鳴らしている。

興奮している。俊也の痴態に、それぞれに相手に不自由しなさそうな男たちが興奮しているのだ。こんな、彼らと比べたらどうしようもなく平凡な俊也に。

『あ……ん……』

俊也の身体が甘く潤んだ。下肢を震わせながら、男たちの目を意識して、サファイアを出すためにいきむ。

――あぁ……こんなに恥ずかしいところを見られるなんて……。

欲情した。もっと淫らな姿を見られたくて、視姦されたくて、俊也はサファイアを咥え込む花弁をうねうねとうねらせた。

ツルン、とサファイアのすべてが出る。続けてその重さに引っ張られて、残りのダイヤがズルズルと出ていった。

『あぁ……ぁ……あぁぁ……っ』

ダイヤの角が襞を擦るのが、たまらない。

俊也は高い悲鳴を上げながら、男たちに見つめられる中、花芯から蜜を迸らせた。

『……ダメだ、我慢できない』

俊也を抱きかかえたマハヴィルが、背後からひと息に貫いてくる。

『ひぅ、っ……っ！』

声もなく俊也は喘いで、マハヴィルの猛りきった男根を咥え込んだ。

ガンガン突き上げられて、俊也は泣く。

しかし、終わると今度は、ラジーブの上に乗せられる。

『わたしの上で舞え。淫らな舞いが見たい』

ラジーブの命じる声に身体を熱くしながら、俊也は彼の望みどおりに、自ら腰を上下させる恥ずかしい姿を晒した。

その褒美《ほうび》のように、ラジーブの手は俊也の性器を取り、ねっとりとした手つきで扱いてくる。

胸には、ダヤラムが唇を這わせてきた。

背筋を舐めるのはマハヴィルだ。

『あぁ……あぁ……やめ、て……変にな……るぅぅ……っ』

叫びながら、俊也は快楽の海に呑み込まれていった——。


下肢の解放感に、俊也はハッとした。いつの間にか淫夢の妄想に嵌《はま》り込み、また達してしまったのだ。

「もぅ……なんでこんなこと……」

半べそになりながら、俊也は下肢の始末をする。

情けなかった。あんなものは夢で、現実ではないのに、こんなにグチャグチャになってしまう自分が悔しい。

と、テーブルの上に放り出してあった携帯電話が振動した。

ビクリと震えた俊也は、着信相手を見る。

内藤だった。二日連続で大学を休んだ俊也を心配して、電話をかけてくれたのだ。

友人のやさしさに涙が出そうになる。

けれど、今は出られる心境ではない。なにをどう話したらいいか、わからなかった。

特に、今のような淫らなことのあとには。

しかし、顔を背けかけて、俊也の視線が上がった。

——内藤……そういえば、あいつの家は……寺。

実家が寺をしていると、たしか言っていたことを思い出す。家を継ぐのは兄だから、自分は坊主にならなくてすむ。そんなことを言って、笑っていたことがあった。

寺の息子なら、こういう質問にもなにか答えてもらえるかもしれない。よしんば、内藤がわからなくても、実家の両親や兄に連絡を取ってもらえれば、なにか対処法についてアドバイスをもらえるかもしれないと、俊也は思いついた。

慌てて、震えている携帯電話を取る。しかし、通話ボタンを押す前に切れてしまう。

やるなら早いほうがいい。とにかく、あんなところとは早急に縁を切らなくては。

急いで、着信履歴を見る。そこから、俊也は内藤に折り返し電話をかけた。

「——もしもし、内藤？　ごめん、会って相談したいことがあるんだけど」

前置きもなくそんなことを言ってきた俊也に、内藤は快く了承してくれた。


その夜、俊也のアパートを、内藤が訪ねてきた。

「……顔色が悪いな。大丈夫か、向井」

ドアを開けて、まずそれを言われる。

俊也は暗く微笑した。家に閉じこもり、食欲もなかった。淫夢に苦しめられた夜のせいで、目の下には隈ができている。きっと、ひどい顔になっているに違いない。

だが今は、そんなことを話している場合ではなかった。

「上がってくれ、内藤。相談したいことがあるんだ」

「あ、ああ」

切羽詰《せっぱつ》まった様子の俊也に、内藤が戸惑いながら頷く。

室内に導き、俊也はとりあえず麦茶を出した。

「麦茶でいいか？　他になくてさ」

「いや、いいんだよ、向井。それより、相談ってなんだ？　おまえ、どうしたんだよ」

内藤が心配そうに訊いてくる。

俊也は内藤を見つめ、それから、俯いた。詳しい説明は無理だったから、人には言えない淫らな部分はすべてぼやかすしかない。自分の身に起こった淫事を、さすがに友人には教えられない。

俊也は口ごもりながら、内藤に話し始めた。

「実は——インドで……その、妙なことが、あって……」

「妙なこと？　あの一人旅でなにかあったのか？」

テーブルの上で手を組み、内藤が身を乗り出してくる。

俊也は小さく縮こまった。自分が三人の男に凌辱されたことは絶対に言えない。

だから、曖昧に口を開く。

「あの……オレのこと、神子だって言って……変な宗教儀式に参加させる人がいて……。オレ、逃げてきたんだけど……日本に帰国してからも……夢が……」

どんどん俊也の声が小さくなる。詳しいことを省いた説明は、自分で聞いていても胡散臭かった。

こんなことで、内藤が真剣に受け止めてくれるだろうか。俊也は不安になる。

しかし、思いきって顔を上げて、息を呑んだ。いつの間にか、向かい合わせに座っていたはずの内藤が、俊也のすぐ隣にまでにじり寄っていたからだ。

「な、内藤……」

「可哀想にな、向井。最近悩んでいるみたいだったから、心配だったんだけど……。よほどつらい目に遭ったんだな」

怯える俊也の手を、内藤が握ってくる。触れてきた手は、じんわりと汗ばんでいた。

——怖い……。

自分がなぜ、二日も自宅アパートに閉じこもっていたのか、俊也は思い出す。

俊也に惹かれて、襲いかかってきた男たち——。

内藤は、その男たちを思い出させるような熱っぽい眼差しで、俊也を見つめていた。

刺激しないように、俊也はそっと手を引き抜こうとする。

しかし、逃げようとした手を、内藤は強く握りしめてきた。

「どうした、向井。なにを怯えている」

「お、怯えてなんて……それより、内藤、手を離し……て……」

「こんなに震えているのに、離せるわけがないだろう。インドでそれほど怖い目に遭っていたのか？　可哀想に」

「……あっ！」

内藤が、俊也を抱きしめてきた。ギュッと抱き竦めて、俊也の髪に内藤が頬を埋《うず》める。

いつもの内藤なら、けしてしない行動だ。自分たちは健全な友人で、こんな関係ではない。

「内藤……放して……放せっ」

「可哀想に……可哀想にな、向井。そんなに怖がらなくていい。オレが守ってやるから、な？」

熱に浮かされたように、内藤が言い募る。

おかしい。いつもの内藤ではない。

これは俊也のせいなのか。男たちを誘惑する異常なフェロモンが、内藤にも放たれているのか。

そんな――。

「内藤、いいから……放してっ……あっ！」

もがく俊也と内藤が、もつれるように床に倒れ込んだ。

「逃げるなよ、向井。オレに助けてほしくて、呼んだんだろう？　向井……向井」

「いやっ……いやだ！　内藤、どいてくれっ」

上から押さえ込むように抱きしめられて、俊也はなんとか友人を押しやろうとする。

しかし、内藤はどこからそんな力を出しているのか、小揺るぎもせず俊也を捕まえていた。それどころか、抵抗する俊也にキスをしようとしてくる。

「向井……恥ずかしがらなくていい。おまえの気持ちはわかっているんだ。助けてやるから……おまえの欲しいものをあげるから」

「……んっ……ゃ……」

強引に唇を塞がれて、俊也の目尻に涙が滲む。

こんなつもりではなかった。話せるだけの事情を話して、対応策を訊きたかっただけなのだ。

それなのに、内藤がこんなふうになるなんて。

「……いやだっ。内藤、やめろ！」

唇が離れると、ボタンを引き千切るようにして、シャツを開かれる。

はだけた胸に、内藤が手を這わせてきた。

「綺麗だ……。向井、おまえがこんな綺麗な身体をしていたなんて……どうしてずっと、気づかなかったんだろう……」

「……あっ」

胸にキスされる。とたんに、ジンと身体が疼いた。

俊也の甘い声に、すぐに内藤が下肢に手を這わせてくる。

ジーンズの上から下腹部を覆われ、俊也は両手で顔を覆った。

「熱いな、おまえのここ……」

俊也のそこは胸への刺激だけで、硬くなっていた。

内藤の声が掠れている。

いやだった。

内藤は友人だ。友人に犯されるなんて、絶対にいやだった。友人をこんなふうに変えてしまう自分もいやだった。

これも俊也のせいなのか。自分の身体が勝手に変えられて、男を誘う淫らなフェロモンを出してしまっているためなのか。

「やめ……いやだぁっっ……！」

ジーンズの前に手をかけられ、俊也は声を限りに叫んだ。この叫びで、内藤が正気に返ってくれることを祈った。

しかし、狂気に支配された内藤は、俊也を襲う手を止めない。抵抗する俊也から、乱暴にジーンズを剝ぎ取ってしまう。下着も。

そうすると、感じて昂ぶっている俊也の性器が、内藤に丸見えになる。

勃起しかけている花芯に、内藤がゴクリと喉を鳴らした。

「すごい……なんていやらしいんだ……」

「やだ……内藤……こんなこと……やめてくれ……あっ」

興奮した内藤が、俊也の足を大きく開かせる。浮き上がった後孔を、内藤が凝視していた。

「向井のここ……すごく美味しそうだ……」

「やっ……あぁぁっ……！」

熱い舌が、俊也の後孔を舐めていく。夢だけで喘がされていた身体は、現実の愛撫に簡単に蕩けてしまう。

けれど、心が。俊也の心が、友人からの淫行に耐えられない。

なんとか……なんとかしなくては。

俊也は、内藤を正気に戻すなにかを求めた。床を探り、テーブルを突き飛ばす。

倒れてきたコップを、俊也は摑んだ。そうして、それを内藤に投げつけた。

「……うぅっ！」

頭にコップを投げつけられ、内藤が呻く。勢いよく叩きつけたコップは割れて、ガラスが飛び散った。

「向井、往生際が悪いな……。こうしてほしいから、オレを呼んだんだろう？」

内藤の目に怒りが浮かんでいる。俊也の行動は、かえって内藤をより興奮させただけだった。

俊也を押さえつけたまま、内藤が自分のジーンズの前を寛げた。

取り出された猛った性器に、俊也は息を呑んだ。友人のペニスが、俊也に刺激されてあんなに昂ぶっている。

友達なのに、どうしてこんな——。

「や……めて……」

俊也はしゃくり上げて訴えるが、内藤はペニスを見せつけるように扱いて、さらに猛らせると、それを俊也の足の狭間《はざま》に進ませてきた。

挿れるつもりなのだ。俊也を犯すつもりなのだ。

友人の熱い性器が後孔に押し当てられて、俊也は絶叫した。

「……いやだぁぁぁぁ——……っ！」

その時、室内が閃光《せんこう》に満たされた——。

§第五章

その日の夕方、ダヤラムはラジーブ、マハヴィルたちと成田《なりた》空港に降り立っていた。三人ともにスーツ姿だ。ラジーブは堂々とした、ダヤラムはスタイリッシュな、マハヴィルは洗練された、それぞれの特徴にあったスーツであった。

彼らが成田にいるのは他でもない。

俊也《しゅんや》が逃げて最初の六夜が明けたその朝、グルから俊也を迎えに行くよう、言われたからだ。

『これで、シュンヤにも自分が何者なのかわかっただろう』

そう満足そうに薄笑いしたグルの顔を、ダヤラムは忘れられない。

おそらくそれは、自分自身も経験した忌まわしい六夜のせいだ。

俊也が逃亡を果たしてから、グルはすぐには捜索を命じなかった。それどころか、いずれ帰ることになると嘯《うそぶ》いて、放置すらしていた。

その理由は、この六夜で判明している。俊也は――いや、俊也だけでなくダヤラムたちも――もはやグルの儀式から逃れられない。

そのことを、ダヤラムたちは思い知らされていた。

どうりで、俊也がいなくなったあとも自分たちが教団本部に引き留められていたわけだ。

ダヤラムは重いため息をついた。

正直、事態の最初、ダヤラムは苛立ちを感じていた。

インド政界の重鎮《じゅうちん》を祖父に、同じく議員になっている父を持つダヤラムに、期待されている仕事は多い。

すでに、祖父の政治秘書として勉強を始めていたし、数年後には自分も議員に立候補することになるだろうとわかっていた。

一族から大統領を出すのが、ワーディヤー家の悲願だ。取りつかれたようなその望みが、祖父にあの不可思議な教団との繋がりを持たせた。

二十年ぶりに巡ってきた秘儀のチャンス。

祖父が教団に関わりを持つようになってから、初めてのチャンスだった。そのチャンスを、祖父は老年の自分や、六十歳に差しかかっている父には回さず、まだ二十七歳の孫に委《ゆだ》ねた。ある程度先が見えている自分や父ではなく、まだ可能性が無限に開けているダヤラムに、チャンスを託したのだ。

もっとも、そのためにダヤラムはえらい目に遭《あ》ったが。

男を三人がかりで抱くというのもそうであったし、その男に思いがけなく悦楽を感じてしまったというのもそうだ。

その上、グルの力を示すように、神子《みこ》が逃げてからも秘儀の周期どおりに淫らな夢がダヤラムを襲った。他に神子の男となることを定められた二人と一緒に、夜ごと夢で神子と交わった。

夢での交情だから、果てがない。神子はどこまでもダヤラムたちを受け入れ、ダヤラムたちも力尽きることなく神子を凌辱《りょうじょく》した。

正直、ダヤラムは自分の中にあんな一面があったことに驚いていた。

生まれもよく、やや繊細だが容姿にも恵まれたダヤラムが情交相手に困ったことはない。いつだって喜んで抱かれる相手とばかりセックスしてきた。

だから、あれほどに怯え、いやがる相手に自分ができるのか、神子を押し倒しながら実際不安だったのだ。

神子が、あまり美貌というわけではなかったことも、ダヤラムの戸惑いを助長していた。

しかし、あれが神が降りるということだろうか。触れているうちに、どんどん神子が魅力的になっていった。恥じらう姿、いやだと涙を浮かべる顔、そのくせ快楽に襲われて喘ぐ声に、ダヤラムの雄が欲情した。

今も、夢の中の自分は果てなく神子を求めている。現実の神子を見て、己がどんな反応を示すのか心配なほどに。

とはいえ、グルからの指示があった以上、神子を迎えに行くしかない。秘儀の不可思議さはもう充分実感していたから、途中で逆らうのも躊躇《ためら》われた。

それに、やはりあの神子への未練もある。もう一度、今度は夢でなく現実に、あの身体を味わいたい。自分は、怯える相手を無理矢理犯すような変態ではないつもりだが、しかし、俊也のあの様子にはそそられる。

ダヤラムは即座に残り二人と打ち合わせて、日本に向かった。

「――さて、神子のもとに行くか」

ラジーブが当然の態度で、側仕えに車を用意させて、ダヤラムとマハヴィルを乗せる。

マハヴィルが肩を竦めていた。

「さすが、王子様は違うな。どこに行くのでも使用人付きか」

大財閥の御曹司とはいえ、元々の出自は低いパテール家では、そこまで至れり尽くせりではないのだろう。

もっとも、それはダヤラムも同様だ。出自はマハヴィルよりもはるかによいが、生まれながらのマハラジャであるラジーブとはやはり違う。

それに、今回はうかつに人には言えない用件での来日だから、個人で動いていた。

しかし、古くからグルと付き合いがあり、彼の父も二十年前に秘儀を受けたという家の生まれのラジーブは、ダヤラムやマハヴィルとは異なるのだろう。

なにより彼は、没落を免《まぬか》れたマハラジャの出だ。滅私奉公《めっしほうこう》で仕える使用人には事欠かない境遇だった。

マハヴィルの文句に、ラジーブは「なにか?」とでもいう具合に眉を上げている。

ダヤラムは無言で、ラジーブの用意した車に乗り込んだ。

その態度に、マハヴィルも肩を竦めながら、車に乗る。

ラジーブはいつもどおり悠然とした態度だ。マハヴィルがなにに呆《あき》れているのか、彼には理解できないのだろう。

ダヤラムは内心ため息を洩《も》らす。本当に、この三人でこの先やっていけるのだろうか。

グルは、政界、財界、ロイヤルな世界のそれぞれに影響力を行使するためにダヤラムたち三家を選んだのだろうが、これほど性格が違っていてはこの先協調できるか不明だ。

それを調整するのが、政界の家系であるダヤラムの役目なのだろうが、早くもうんざりしていた。

マハヴィルは俊也に同情しているようだが結局は親に逆らえないどら息子だし、ラジーブは生まれ育ちからして仕方がないものではあるがあまりに傲慢《ごうまん》すぎる。

どちらもそれぞれ、付き合いにくい相手だった。

——わたしも、それほど人好きのするタイプではないしな。

自分の無愛想さも、ダヤラムは自覚している。冷淡なエリートは、秘書としては優秀でも、政治家としては疑問だった。

祖父、父に期待されているとはいえ、自分に政治家は向いていないのではないか。

そう考えるダヤラムだった。

「ここがシュンヤの生まれ育った国か……」

車中では、マハヴィルが感傷的に目を細めて、通り過ぎる風景を見つめていた。

やさしい言葉を口にすることがやさしさだと思っている、愚かな男——。

つい、ダヤラムの眼差《まなざ》しが軽蔑のそれに変わる。

それに気づいたマハヴィルが、情けなさそうに笑ってきた。しかし、情けないはずが、目尻が垂れているせいか、なんとも言えない人好きのする表情だ。つい、助けてやりたくなるというか。

それでいて、顔立ち自体は整っているから、女性などは母性本能をくすぐられる面差し・表情と言える。ある意味、ダヤラムよりもよほど政治家向きな、手の届かない男でありながら助けてやりたくなるような、そんな稀《まれ》な雰囲気が出ていた。

しょうがない奴と思いながら、彼を助ける人間は多そうだと感じる。

案外、マハヴィルと自分は、生まれが逆であったほうが上手くいったかもしれない。

ふとそんなふうに思いながら、ダヤラムはマハヴィルから視線を逸《そ》らす。

マハヴィルは無言で、俊也を懐かしむような表情で日本の街並みを眺めている。

ラジーブはといえば、二人をまったく無視して、腕を組んで目を閉じていた。石膏像のように整った顔は、ちょっと怖いくらい人間離れしている。

しかし、この男もダヤラムと同じく、あの淫夢を見ているはずだ。また実際に、俊也を抱いて昂ぶった顔も、ダヤラムは見ている。昂ぶっていてもなお、高貴さを感じさせる風貌だったが。

彼はいったい、なにを考えているのだろう。

完全に周囲をシャットアウトしているラジープの様子からは、内心はまず窺《うかが》えない。

そんな三者三様の男たちを乗せながら、車は神子のアパートへと向かった。

神子の本名は向井《むかい》俊也。日本の、さほど優秀というわけでもない大学の学生で、二十歳。

それらの情報を、ダヤラムも今は知っていた。他の二者も同じ知識を持っているだろう。

ごく平均値な日本の家庭で育ち、本人も知能・容姿ともに平均的な青年だった。

ただ一点違っていたのは、彼の容姿が平凡ながら完璧な左右対称にできていることだ。

通常、人間にはあり得ないことだった。

グルと知り合ってから、あり得ないことばかりに遭遇している。

――祖父や父のように、ここまでグルにべったりしていていいのだろうか。

あまりに不可思議なことばかりのせいで、逆にダヤラムは疑念を感じる。こういう不可思議は神々の世界に留めておくべきもので、ヒトたる身が関わってよいこととは思えなかった。

――神子を連れ戻し、秘儀を完遂《かんすい》するまではいいとして、それ以降は少しずつ手を引いていくべきかもしれないな。

ダヤラムはそう思った。

と、車が停止する。

「――あちらの借家でございます」

運転席に座ったラジーブの側仕えが、主人に恭《うやうや》しく告げる。

すぐに車から降りて、主人たちのために後部座席のドアを開けてくる彼に、ラジーブが鷹揚《おうよう》に頷きながら降りる。ダヤラムとマハヴィルも続いた。

「小さいな。あれで一軒なのか」

ラジーブの呟きに、マハヴィルが呆れたように答える。

「一軒じゃない。あの建物の中に、六世帯入っているそうだ」

「六世帯!? 神子はそれほど貧しいのか」

「いや、貧しいというわけでは……。日本はインドより国土が狭いわけだから」

マハヴィルが律儀に答える。庶民の暮らしを知らないラジーブに苦笑していた。

だが、富貴な生まれのラジーブに、平民の暮らしの想像がつかなくてもある意味当然だ。

ダヤラムはため息交じりに口を添えた。

「日本では一般的な大学生の暮らしですよ、ラジーブ」

「一般的……。日本は豊かな国だと聞いていたが、違うのか?」

心底不思議そうな呟きだ。

ダヤラムはやれやれと首を振った。

「我が国と違い、平均値のところに国民の多くが所属しているのです。だから、貧富の差が少ない。その代わり、我が国のような富豪も少ないのです」

「なるほど……」

ラジーブがアパートを見上げながら、頷く。

遊んで暮らしてもまだ資産が余るラジーブのような連中は、同じアジアの国々にあまり興味を示さないのか、不勉強なことがままある。

特にラジーブは、ヨーロッパやアメリカで遊ぶ話はよく聞くが、日本に行ったという話は聞いたことがなかった。彼にとって日本は、極東の未知の国なのだ。

——これからますます我が国と交流を深めていかなくてはならない大国なのに。

ダヤラムは呆れ交じりにため息をついた。

しかし、ここで立ち話をしていては、目立ちすぎる。

「さあ、神子を連れ戻しに行きますよ」

「ああ」

「そうだったな、急ごう」

ラジーブは重々しく、マハヴィルは頷いて、歩き出す。

神子の部屋は一階で、ダヤラムが代表して、ノックをしようとした。

その時——。

「……うっ」

「うわ……っ」

「…………くっ」

部屋の中から迸《ほとばし》った閃光《せんこう》に、ダヤラムたちは目を瞑《つぶ》った。

いったい、なんなのだ。

光の存在が消えて目を開くと、ラジーブの側仕えが不思議そうな様子で三人を見ている。

「いかがなさいましたか、殿下」

戸惑った問いかけは、彼があの閃光をなにも見ていないことを示していた。

ダヤラムたちにだけ見えたのか？

素早く動いたのは、意外なことにマハヴィルだった。ドアのノブを掴むと、鍵がかかっていなかったのを幸いに、さっと開く。

「……っ」

「これは……」

ラジーブが驚愕の声を洩らす。室内に鮮血が飛び散っていた。

血にまみれて、半裸の神子が呆然《ぼうぜん》と座り込んでいる。その足元には、男が倒れていた。

ラジーブがずかずかと、室内に上がり込んだ。神子を抱き上げ、側仕えに命じる。

「後始末をしておけ」

「御意！」

そのまま神子を運ぼうとするラジーブに、ダヤラムは慌てて、狭い部屋のベッドから、布団のおかげで血がついていないシーツを剝《は》ぎ取った。それで、血まみれの神子を包む。マハヴィルはと見ると、彼はすでに車に向かっていた。側仕えがここに残るため、彼が運転席に入る。使えないどら息子だと思っていたのに、いざとなると意外に行動派だ。

だが、この際助かる。

神子を抱いたラジーブとダヤラムが車に乗ると、すぐにマハヴィルは車を発進させた。

ダヤラムは携帯電話を取り出すと、ワーディヤー家が日本で懇意にしているホテルに連絡を取る。インドに連れ帰るにしても、まずは神子の血を洗い流さなくてはならない。

電話を切ると、ダヤラムはマハヴィルに告げる。

「Tホテルの部屋を押さえた。そこに行ってくれ」

「わかった」

ハンドルを握るマハヴィルが頷き、片手でカーナビを操作する。そうして、Tホテルに向かった。

ホテルに着くと、ダヤラムは二人を先に部屋に向かわせて、自分一人で鍵を受け取りに行く。

頭の中は疑問が渦巻《うずま》いていた。

――いったい、あれはなんだったのだ……。

ダヤラムたちだけに見えた閃光、神子の部屋に倒れていた男、血。

いったいなにがあったのだ。

やはり、自分は大変なものに関わってしまったのではないか。

鍵を手に部屋に向かいながら、ダヤラムは唇を噛みしめていた。


温かな湯が頭からかけられる。それが身体を流れる感触に、俊也はようやく正気を取り戻した。

「ここ……」

呟いた俊也に、シャワーヘッドを手にした男が顔を覗き込んでくる。スーツのジャケットを脱いで、ワイシャツの腕を捲った姿だ。

「大丈夫か？」

心配そうな口調は、マハヴィルだった。浅黒い肌、少し垂れめがちの目、やさしい微笑み。三人の凌辱者のうち、唯一俊也に親切だった男だ。

そして、日本へと逃がしてくれた男でもある。

じんわりと、俊也の目に涙が浮かんだ。不思議と、彼が目の前にいることに俊也は驚かなかった。

むしろ、ああやはりと腑《ふ》に落ちる気分だった。あの夢、俊也を襲った異常——。

自分はやはり逃げられなかった。そう俊也は悟った。

だが、事態の深刻さを悟っているのは、マハヴィルも同様だった。訊《き》かなくても、きっと彼もあの淫夢を見ていただろうことが、俊也にはわかった。

「内藤《ないとう》……は……」

それよりも、自分のせいでどうかなってしまったかもしれない友人が心配だった。

マハヴィルの眉がひそめられる。

「大丈夫。彼は無事だ。ただちょっと怪我をな……」

「怪我……」

俊也の顔が真っ青になる。いったいどの程度の怪我なのか。

問うように見上げた俊也に、マハヴィルが教えてくれる。

「ガラス片でも浴びたような切り傷が無数にあったそうだ。そのせいで出血が多かったが、命に別条はない。それに……」

と、マハヴィルが言いよどむ。

「それに、なに？　なにがあったんだ、マハヴィル」

もし、内藤の身にとんでもないことが起こってしまったなら——。

すべて自分の責任だった。俊也が頼ろうとしたから、友人を傷つけてしまった。

自分はどう、内藤に謝ったらいいのか。

問いつめられて、マハヴィルが口を開く。沈鬱《ちんうつ》な口調だった。

「……君の友人は、なにも覚えていないそうだ」

「お……ぼえて、いない……？　それって、どういうことなんですか」

俊也の視線が揺れた。大量に出血するほどの切り傷が無数に作られ、その上、覚えていないなんてどういうことだ。

マハヴィルが首を振る。

「どういうことかは、俺にもわからない。ただ、君の友人は自宅を出たところまでは覚えていたが、なぜ自宅を出たのか、どこに行こうとしていたのか、まるきり覚えていなかったそうだ。怪我の衝撃のせいで、一時的に記憶喪失になったのだろうと、ラジーブが手配した医師が言っていた。大きな事故の時には、よくあるそうだ」

そう説明して、マハヴィルが口を閉ざす。だが、本当はわかっているはずだ。

俊也は、マハヴィルを見つめた。

マハヴィルもわかっている。俊也もわかっている。

「……あの不思議な閃光。あれがやったんだ……きっと、全部……」

呟いた俊也の身体に、マハヴィルがシャワーをかける。身体についた血をすべて洗い流すような、強い水圧だった。

「……んっ」

思わず、俊也の喉奥から甘い声が零《こぼ》れた。

サッと、俊也は赤面する。そんな場合ではないのにシャワーの水圧に感じてしまった自分にいたたまれない。

「いいんだ。君のせいじゃない」

「でも……こんな時に……ぁ……じ、自分でします」

俊也はマハヴィルからシャワーヘッドを奪おうとした。せめてそうすれば、多少はマシになるのではないかと思った。

しかし、マハヴィルは俊也に渡してくれない。

「話があるんだ。我慢してくれ」

「そんな……んっ」

喉元についた血を、指で擦られた。ジンジンする。淫夢だけで高められた肉体は、現実の接触にひどく脆《もろ》くなっていた。

「――可哀想だが訊いてくれ。事情が変わった。君をインドに連れ戻さなくてはならない」

「ぁ……ん、それは……あの夢のせい……？」

薄々理由が察せられて、俊也は訊いた。マハヴィルが頷く。

「そうだ。あんな儀式はまやかしだと思っていたが、どうやら違ったようだ。君を日本に逃がしたところで、秘儀は終わらない。君がいない期間の六日間、グルは例の部屋でベッドの中が空のままであの時の詠唱を僧侶たちにやらせていた。そして、あの夢だ。――なにかが、ある」

「日本にいても……んぅ、オレは逃げられないってこと……？」

身体中をやさしく洗われ、俊也の身体はますます熱くなっていく。性器が、恥ずかしいことに頭をもたげつつあった。

マハヴィルは見ないふりをしてくれるのか、それには触れない。

「必ず解決方法を探しだす。だが、今は君を教団に連れ戻さなくてはならない、すまない、シュンヤ」

代わりに与えられたのは、真摯《しんし》な謝罪。

俊也は喘ぎ、濡れた目で、マハヴィルを見つめた。

やさしくて、俊也を逃がしてくれた人。

けれど、淫欲には抗《あらが》えなくて、この先教団に戻れば、彼もまた俊也を凌辱するだろう。

俊也もまた、マハヴィルたち三人の男に犯されて、悦《よろこ》びの極みを味わうだろう。

それでも、今はマハヴィルの言うとおり、戻るしかないのだと理解できた。

自分の身に起こっている不可思議な現実。

てっきり麻薬かなにかでおかしくなっていただけなのだと思っていたのに、どうやらグルは本物の『なにか』を持つ男だった。

そのせいで、俊也はもう以前の俊也とは変えられてしまっている。

俊也は小さく頷いた。戻るのは怖い。だが、戻らなくても、グルの秘儀は俊也を捕らえて離さない。

ならば、少しでもその謎が解明できるかもしれない近くに、行くしかない。

けれど、弱音が口をついて出る。

「オレ……どうしてこんな……あ！」

いきなり、マハヴィルが俊也を抱きしめてきた。

俊也は驚いて、目を見開く。熱い抱擁《ほうよう》だった。スーツが濡れるのもかまわず、マハヴィルが俊也を抱きしめる。

「おまえを前の巫女のようにはしない。けしてしない。必ず、俺が守るから……！」

思いもかけない、情熱的な誓いだった。

だが、俊也が今一番欲しい誓いだった。

抱きしめられた俊也の目が潤む。ポロリと、それはすぐに滴《しずく》となって頬に流れ落ちた。

教団に戻るのは仕方ない。自分に異常が起きていることはわかっている。

でも。

「オレ……正気を失いたくない。教団の性奴隷になんてなりたくない……助けて……！　助けて、マハヴィル！」

ひしとしがみつく。この温かな腕が、今の俊也には必要だった。

強く抱きしめてくれる腕の中で、束の間の安堵《あんど》を味わう。それは、ほんのひと時だけの安堵だった。

シャワーが終わると、大きなタオルで丁寧に身体を拭かれる。そうされながら、囁かれた。服を濡らしてしまったマハヴィルは、先にワイシャツを脱いで、着替えている。

「すまない。今から、俺はひどいことをする」

「それは……これのこと？」

俊也は頬を赤くしながら、自身の下腹部を示した。そこは、シャワーの刺激ですっかり形を変え、勃ち上がっている。

マハヴィルが頷く。

「まだ、俺の正体を知られるわけにはいかない」

「……わかった」

その一言で、『ひどいこと』というのが淫靡《いんび》な仕打ちを指しているのだと、俊也は察する。おそらく、これから三人で俊也を抱くのだ。

だが、秘儀の仕掛けを解明するまでは、疑われるわけにはいかない。

悄然《しょうぜん》と俯きながら、俊也はバスローブを着せられた。その生地の感触にも、俊也はビクビクと全身を震わせる。

——立っていられない……。

ふらりと傾いだ身体を、マハヴィルが力強く抱き上げてくれた。

見回すと、どうやらどこかのホテルらしい部屋だった。

俊也の疑問に気づいたマハヴィルが、教えてくれる。

「Tホテルのスイートだ」

「ホテルの……スイート……」

そんなところに、彼らは自分を運んだのか。

いや、いずれも名家の御曹司らしい彼らが、それ以下の部屋になど泊まれるわけがないか。

浴室から広いリビングに、俊也は運ばれた。

リビングに着くと、やさしくソファに降ろされる。落ち着いたアースカラーの室内は、こんな時でなければ俊也の心を多少は和ませただろう。

しかし、今やそれどころではない。これから淫事が始まるのだ。

ソファに降ろした俊也のバスローブの前を、手を伸ばしたラジーブが無造作に開く。そのまま肩から滑り落とした。

「……やっ！」

とっさに、俊也は身体を隠そうとしたが、手で下肢を押さえても、勃起した花芯は隠せない。

ソファの俊也を取り囲むように立った三人が、三人三様の表情を見せる。ラジーブは悠然と、ダヤラムは軽く目を見開いて、マハヴィルは熱く。

「よく我慢しましたね、マハヴィル」

俊也の艶姿《あですがた》に、ダヤラムが感心したように言ってくる。

それに答えるマハヴィルの声は熱を帯びていた。

「グルの警告は忘れていない」

警告？

俊也は首を傾げて、マハヴィルを見上げた。

ため息をついて、マハヴィルが説明してくれる。

「次の交合は、二十八日後だ」

「……あ」

その指摘に、俊也は秘儀の詳細を思い出す。二十八日ごとに六日間の情交、それがグルの語った儀式だ。

では、儀式以外での行為は禁止されているのか。

目を見開いた俊也に、ダヤラムが冷淡に告げる。

「破ればどうなるか、もうわかっていますよね？」

「え……それって……」

俊也は口ごもった。

それを理解できなかったしるしと受け取ったのか、ラジーブが面倒そうに言ってくる。

「選ばれた男以外は受けつけない。儀式の中以外の行為も受けつけない。わかったか？」

つまり、マハヴィル、ラジーブ、ダヤラムの三人ですらも、決められた六日間以外で俊也に触れることはできないのだ。

俊也の愁眉《しゅうび》が晴れる。どうやら、三人に情交を強いられることはなさそうだ。

しかし、ホッとするのは甘かった。

俊也を無視して、ラジーブが二人に問いかける。

「――で、どうする？　これの手伝いをするのもＮＧか？」

「グルは、儀式までセックスはするなと言っていました」

ダヤラムが考えながら、答える。

それにマハヴィルが応じる。

「では、一人でやらせるしかないだろう」

「それも悪くないですね。これだけ長く、我々はお預けを食ったのですから、せめて目で楽しませてもらうくらいは許していただきたいものです」

ダヤラムが肩を竦めて言う。

俊也から悲痛な呻《うめ》きが洩れた。シャワーで洗われてこんなことになっただけでも恥ずかしいのに、一人でするところを三人に見られるなんて。

まさか、マハヴィルが言っていた『ひどいこと』とは、このことを指していたのか。

「や……だ……」

俊也は真っ青だ。全員で淫らなことをするならまだしも、俊也一人だけさせられるだなんて、耐えられない。

だが、三人の中の誰も、俊也を許してはくれない。

ラジーブの手が、俊也のそれを摑む。

「さあ、いやらしいところを見せてみろ、神子よ」

「や……いやだ……あっ！」

手を摑んだラジーブが、それを下肢へと導いていく。そうして、勃起した性器を握らせてくる。

ジン、と俊也の下肢が疼《うず》いた。したくない。三人に見られながら自慰なんて、いやだ。

けれど、いったんペニスを握らされた俊也の指は、自分の意思を無視して動き始める。

それほど、これまでの刺激で、俊也の花芯は昂ぶりきっていた。

ダヤラムが無造作に、俊也の両足をソファのシートに乗せる。

「これでよく見えますね」

マハヴィルは無言だ。痛ましそうに、しかし、眼差しの奥に興奮を潜ませて、俊也を見つめている。

「い、や……や……あぁ」

それなのに、俊也の手は止まらない。心を無視して快感を追うことに夢中になっていた。

恥ずかしい。見られたくない。

けれど、三人の男に見つめられながら、俊也は自身の性器を扱《しご》き、喘いだ。

「あ、あ、あ……あぁ、み……見ないで……見るなぁっ……っ」

叫ぶが、手が止まらない。扱いて、撫でて、括れから先端にかけて搾り取るように指が動く。

恥ずかしい、いやだ、見ないで。

羞恥にまみれながら、俊也の熱はどんどん上がっていった。気持ちがよくて、自慰なのに蕩けそうで、心とは裏腹に手が止められない。

男たちは無言だ。目を開けたら、食い入るような眼差しで、俊也の痴態《ちたい》を凝視しているのがわかっただろう。

自慰は長く続かなかった。欲情しきっていた俊也の身体は、そう長くもたず絶頂を迎える。

「ぁ……あぁぁぁっっ……っ！」

切ない喘ぎとともに、俊也はドロリとした蜜を吐き出した。

ただ一度の吐精なのに、全身が脱力する。まるでセックスをしたかのように、俊也の身体は力を失くした。

だらりと弛緩《しかん》した身体から、マハヴィルが吐き出した蜜を拭きとってくれる。綺麗《きれい》にして、再びバスローブを着せかけてくれた。

その手が熱い。

俊也を見つめる他の二人の男も、昂ぶっていた。

だが、誰も俊也に触れようとはしない。

内藤の件だ。あれがあったから、誰もが俊也に触れることを恐れている。

次に三人に抱かれるのは、二十八日後だ。それまで、自分は一人で始末をさせられるのか。まさか。

俊也の身じまいが終わると、室内の雰囲気を変えようとしてか、ダヤラムが話を変えてくる。

「友人のことは聞きましたか？」

俊也はコクリと頷いた。

「けっこうです。それでは、自分がどういう身になったのか、理解できましたね？」

重ねて問われて、俊也はそれにも黙って頷く。自分はグルから逃げられない。まだ。

ダヤラムが疲れた様子で、ため息をつく。

それを見咎めたラジーブが、クスリと笑った。

「なんだ、気に入らないのか？」

「あなたのようになんでも面白がれないだけです」

忌々しげに、ダヤラムが吐き捨てる。さっきまで俊也の身体をもの欲しげに見つめていたくせに、今はそのことを苦々しく思っているようだった。

——もしかして……この人もあの儀式をいやだと思ってる……？

俊也はひそかに、ダヤラムの様子を窺い見た。

マハヴィルが俊也の味方であることはわかっている。だが、もしダヤラムも実は教団に嫌悪感を抱いているとしたら、味方が二人に増えることになる。

ほんのりとした希望が、俊也の心に宿る。

チラリとマハヴィルを窺うと、マハヴィルは皮肉げに唇を歪めている。

「面白がっていないわりには、シュンヤを責めるのにノリがいいな」

批判がましいマハヴィルに、ダヤラムが肩を竦める。

「仕方がないでしょう。神子があまりに魅力的すぎるのです。そう……あまりに」

最後の一言は自分自身に問いかけるような呟きだった。

俊也も沈黙する。ダヤラムの問いかけは、俊也の疑問でもあった。

俊也の変化はあまりに異常だった。それまでにも男女を問わずもてていたとかだったらともかく、情けないが自分がもてたことは一度もなかった。魅力的だなんて歯が浮くようなセリフも、こんなことになるまで聞いたこともない。

それが、教団にさらわれ、あんな淫らな儀式に参加させられて以降、俊也は以前の俊也と明らかに違ってしまった。散々美男美女を見慣れているだろうダヤラム、マハヴィル、ラジーブの三人の情欲をそそるほどに。

――ただの変な薬だと思っていたのに……。

よくある怪しげな宗教のように、麻薬的な薬を使って異様な感覚を高められただけだと思っていたのに、どうやらことはそう単純ではないらしい。

本当の不思議を、あのグルは可能にしたのかもしれない。

「——まあ、たしかに、こうなることはちょっと意外だったな」

こんな話には興味がないのではないかと思っていたラジーブが、ポツリと口にする。

俊也はまじまじと、ラジーブの顔を見上げてしまった。

それに気づいたラジーブが、不機嫌そうに顔をしかめる。

だが、ラジーブの発言はマハヴィルたちにとっても意外だったようだ。

マハヴィルが問いかける。

「おまえの父親は、あの秘儀を受けたのだろう？　ならば、その話を聞いていたのではないのか？」

「そういえば、あなたはわたしたちの中で唯一の、経験者を近親に持つ人でしたね。どうだったのですか」

ダヤラムも訊いてくる。

ラジーブは渋い顔だ。よけいなことを言ってしまったとでも思っているのかもしれない。

しかし、開いた口から出てきたのは、拒絶ではなかった。

ラジーブは俊也と対面の位置のソファに移動し、ドサリと腰かける。

「……父から聞いていた話は眉唾《まゆつば》だと思っていた」

「眉唾？」

ダヤラムが訊き返しながら、俊也の右斜めの位置にあるソファに座る。マハヴィルは左斜めのソファだ。

「詳しいことを訊かなかったのか？」

マハヴィルの問いに、ラジーブはうるさそうに頷く。

「聞いたところで、どこまで信じられる。いわく、夢のようなセックスだった。いわく、あれほどの快感を自分は知らない。いわく、一生分の快楽と引き換えに富を手に入れる」

数え上げて、ラジーブはいったん口を閉ざす。俊也たちを見回して、また話し始めた。

「――父はグルに心酔していた。現に、あの秘儀以来、没落しつつあった我が家は急速に回復し、今では元マハラジャ家としては格別の資産を保有している。だが……わたしはただの偶然と思っていた」

「これまでは？」

マハヴィルが畳みかける。

それにラジーブは深く頷いた。

「そうだ。あの淫らな夢を見るまでは、くだらない似非《えせ》宗教家に騙《だま》されているのだと思っていた」

「わたしもです……」

ラジーブの話に、ダヤラムも呟く。顔を上げ、同じように全員を見回して、続けてきた。

「祖父や父は信じているようですが、わたしは……怪しいものだと思っていました。我が家の悲願は、大統領を一族から出すこと。その悲願に取りつかれて、あんなおかしな教団につけ込まれるとは、と」

「つまり、全員、信じてはいなかったんだな、グルを」

マハヴィルが結論を言う。ダヤラムもラジーブもそれぞれに肩を竦めた。

ラジーブがマハヴィルをからかう。

「おまえは最初から、あの儀式に否定的だったな」

「父に泣きつかれたから、仕方なく参加したんだ。放蕩《ほうとう》息子で、いいかげん親不孝ばかりしてきたからな。妙な話だが、その秘儀とやらに参加すれば、とりあえず父親の文句も避けられると思ったんだが……」

工作員であるという真実は隠して、マハヴィルはそう発言する。まだ自分の正体を、ラジーブとダヤラムに言うつもりはないらしい。

それに合わせて、俊也も知らないふりをした。だが、チャンスは逃したくない。

ソファの上で膝を抱えながら、俊也は顔色を窺うように三人をそれぞれ見つめた。

「……理由はどうあれ、みんな本当はいやだったんだ。あんなこと」

ポツリと呟いた俊也に、なぜかダヤラムが慌てた様子で声をかけてくる。

「あ、いや……気が進まなかったのはあの儀式で、君を抱くのがいやいやだったわけではありません。むしろその反対で……」

「なにを焦《あせ》っている、ダヤラム。今さらいい子ぶって、神子に自分をアピールしたいのか？」

ラジーブは不機嫌そうだ。

いったいなにを争っているのだ。俊也はわけがわからなくて、ラジーブとダヤラムの二人を交互に見遣《みや》った。

と、ラジーブがチラリと俊也を見て、言ってくる。

「わたしも、儀式自体には懐疑的だったが、おまえを抱くのは楽しかったぞ。いい身体だ。この秘儀が終わったあとも、手放したくはない」

「抜け駆けするつもりですか、ラジーブ。それなら、わたしも彼が欲しい。——神子よ、ラジーブの言葉に惑わされないで下さい。彼が欲しがっているのは、あなたの身体のみです。わたしなら……」

「おまえなら？　おまえは神子の身体以外も愛しているとでも言うつもりか？　所詮《しょせん》は神子でなければ、これほど魅力を感じないものを」

ラジーブが反論する。ダヤラムがラジーブを睨むのを、俊也は呆然と眺めていた。

この二人が俊也を争って口論を始めるなんて、信じられない。いったい、なにがどうなっているのだ。

ダヤラムが吐き捨てる。

「愛などと偽りを言うつもりはありません。しかし、わたしが神子を離しがたく思っているのは事実です。本当なら、もっとやさしく抱いてやりたい……。ですが、神子を見ると理性が保てなくて……こんなこと、今までなかったのに……」

困惑したように、ダヤラムが首を振る。グルの秘術によって煽《あお》られた情動と、自分の心との狭間で、戸惑っていた。

ラジーブが鼻を鳴らす。

「神子を見て、理性が保てないのは皆同じだ。——わたしは、父のように神子を諦めるつもりはない。今後一生、あれほどの快楽を得られないとわかっているのだからな」

「……おまえの父は本当に、そうなのか？」

それまで黙っていたマハヴィルが口を挟んだ。眉間に刻まれた皺が、真剣そうだ。

ラジーブがダヤラムから視線を離し、マハヴィルに頷く。

「そうだ。快楽において、父はインポも同然だ。もちろん、女を抱くことはできる。父の宮殿には数多くの女たちが側女《そばめ》として暮らしている。だが、そこに悦びはない。父があれだけ湯水のように金を使うのは、そのせいだ」

「欲求不満を贅沢《ぜいたく》で晴らしている……か」

マハヴィルが呟いた。そして、俊也を見遣る。

俊也はビクリとした。気がつくと、ダヤラムもラジーブも、熱を帯びた眼差しで俊也を見つめている。

——怖い……。

三人が三人とも、獲物を狙う雄の目だった。

「や、やめて下さい……」

俊也の声にハッとしたように眼差しを逸らしてくれたのは、マハヴィルだった。わずかに遅れてダヤラムも。

しかし、ラジーブだけは視姦するような眼差しで、俊也を見つめ続ける。

ゾクリとした。そのままバスローブを脱がされて、ラジーブに犯されているような心地になる。乱暴に犯されて、あの逞しい欲望で一突きに刺し貫かれているような……。

ピクン、とさっき自慰をしたばかりの花芯が反応した。

俊也は泣きそうな気持ちで、ソファで小さく身を丸める。視線だけで感じさせられる自分がいやだった。

「……やめろ、ラジーブ」

マハヴィルが低く、ラジーブを諫《いさ》める。断ることを許さないなにかが混ざった、厳しい制止だった。

ダヤラムがチラリと、マハヴィルに視線を送る。

ラジーブは肩を竦めた。けれど、視線を俊也から外してくれる。

「感じやすい神子だ。グルの力が本物なら、これからますます感じやすくなっていくだろう。――どうする？」

傲慢なラジーブの眼差しが、ダヤラムとマハヴィルを等分に見遣る。

言葉少ない問いかけの意味を、二人は説明されずともわかっているようだった。

俊也だけが話についていけない。どうするとは、なにをするつもりなのだろう。

不安な面持ちで、三人の男たちを眺めた。

ダヤラムがコクリと頷く。

「あの男に、なんらかの力があるのは本当でしょう。ということは、いずれ神子は前回の巫女と同様の生き物になる」

マハヴィルがため息をついた。

「同時に、グルからシュンヤを奪えば、今の不可思議な魅力は消えるかもしれない。それでいいのか、二人とも」

指摘された可能性に、ラジーブは片眉を上げ、ダヤラムは肩を竦める。

「いずれにしろ、今のままでいれば数ヵ月後には、神子はグルのものだ」

「ええ、わたしたちから取り上げられます。情欲をコントロールされた上、神子まで取り上げられるのは我慢なりません」

ラジーブは当然といった口調で、ダヤラムはツンと顎を上げて言い放つ。

「……我が儘《まま》だな、二人とも」

マハヴィルの返事は、苦笑だった。それぞれに勝手な理由だ。

だが、と俊也は気づいた。勝手ではあるが、俊也をグルの手に渡したくないという点では、ダヤラムもラジーブも一致している。

もちろん、マハヴィルも必ず俊也を助けると約束してくれていたから、この一点においては協力関係を結ぶ余地がある。

むろん、俊也が気づいたことには、マハヴィルも気づいていた。苦笑を浮かべながら、ラジーブに問いかける。

「で、こんなことを言うということは、なにか手段があるのか？」

「まあ、おまえたちよりは多少の知識はある」

そう言うと、ラジーブが知識の一端を披露した。

§第六章

三人に連れられて、俊也は教団に戻った。

ただし、顔は真っ赤だ。

「んっ……ぁ……ん、ぅ」

歩くたびに、淫らな声が洩れる。そんな俊也を、三人が嘲《あざけ》るような顔をして連れていく。

「――さあ、これで儀式を続けられるだろう」

三人を代表してラジーブが、グルに向かって俊也を突き飛ばす。

グルが問うように、三人を見上げた。

「これは？」

ラジーブが鼻を鳴らす。

「ちょっとしたことですぐにいやらしいことになるから、一人でイけるようにしてやっただけだ」

「ええ、後ろに性具を挿《い》れてやりました」

ダヤラムが肩を竦める。

マハヴィルはこれ見よがしにため息をついた。

「仕方がないだろう。俺たちは、まだ神子に触れるわけにはいかないのだから」

心に秘めた企みは隠して、喘ぐ俊也を放置する。

俊也もそれは承知していた。グルからの信用を、三人は損なってはいけない。簡単に身体を疼かせる神子に、その身体に狂っている男たちならどうするか。

その答えが、この仕打ちだった。もっとも、ラジーブはかなり楽しんではいたが。

俊也は床に転がったまま、みじめに腰を揺する。イきたくて、楽になりたくて、もう見られていることも気にならなくなっていた。

「あ……あ……あ……あ、んっ」

「仕方がありませんね」

そう言うと、ダヤラムがしゃがんで、俊也のスラックスの前を寛げた。

「触っていいですよ。扱いて、イッておしまいなさい」

「おやさしいな、ダヤラム。もう少し、いい声で鳴かせておけばよいものを」

クックックッと笑うラジーブに、マハヴィルは無言だ。憐れみと欲情の混ざった例の眼差しで、喘ぐ俊也を凝視している。

グルが笑った。

「神子とは淫らなものだが……しようがないことだ」

そう言いながら、四人の男の目に焼かれて、泣きながら自慰を始めた俊也を小気味よさげに眺めている。

俊也は目をギュッと閉じて、恥ずべき行為に没頭した。イきたいという切迫した思いもあるが、これがグルを欺《あざむ》く手段だという口実が、いっそう俊也を淫らにしていく。

——頭が……ぼーっとする……ぁ。

気持ちがいい。足を開いて、腰を悶えさせながら性器を握るのが、たまらなく気持ちよかった。

「あ、あ……イく……イッちゃう……こんな……いやだ、あぁ……イくぅ……あぁ、あぁぁっ！」

自慰を始めてほどなくして、俊也は蜜を噴き上げる。腰をガクガクと揺らして、たっぷりと白濁をまき散らした。

頭が真っ白になる。気持ちがいい。やっとイけた……。

荒い息遣いが、グルの書斎を満たしていった。達すると、少しずつ俊也の頭に正気が戻ってくる。泣きたくなるような現実が。

——ぁ……本当に、やっちゃったんだ……。

グルに、ラジーブに、ダヤラムに、マハヴィルに見られながら、達してしまった。自分の手で。カァァッと、俊也の全身が朱に染まった。恥辱《ちじょく》にまみれながら、俊也は涙で潤んだ目を開ける。

男たちの欲情した眼差しがそそがれていた。

だが、今の俊也に触れることは許されない。

グルが深く息を吐き出し、口を開いた。

「よく帰ってきた、神子よ。もうここにしかおまえの居場所はないと、よくわかっただろう？　そんなに淫らな身体になって、くくく」

自然と、俊也の目から涙が零れ落ちる。

「う……ひっく……ひっく……ぁ」

しゃくり上げて、俊也は泣きだした。

それを、グルは敗北のしるしと受け取ったようだった。大きく頷き、三人に指示を与える。

「ご苦労だった。次の六夜の時まで、念入りに世話をしてやるといい。念入りにな」

「もちろん」

「ええ、そうしますよ」

「……ああ」

三人三様に頷き、二人の気勢を制してマハヴィルが膝をつく。そうして、俊也を抱き上げた。

わずかに、ラジーブが悔しそうな顔をする。ダヤラムもだ。

けして俊也にやさしくしないくせに、二人とも俊也を欲している。

いや、ダヤラムは淫事以外ではまだしもやさしいか。

徹頭徹尾《てっとうてつび》むごいのは、ラジーブだった。

グルの書斎から去りながら、ひどいことを囁いてくる。

「家から宝石を取り寄せておいた。今度は夢の再現で、それを挿れてやろう」

「そんな……」

哀れな呻きを残して、ドアが閉まる。グルが満足そうに笑う声に、俊也は内心ホッと息をついていた。


だが、俊也を見ていたのは、四人ではなかった。

書斎のデスクの下から、女性が一人、這い出てくる。その目は虚《うつ》ろで、何物も映していないように見えた。

赤い唇がゆっくりと動く。

「あの……子……」

グルが女性のそばに歩み寄った。

「どうした、気になるのか?」

珍しいことだと、グルは女性の髪を撫でる。

女性は巫女ラーニーだった。

ラーニーはぼんやりと、俊也が連れ出された扉を見つめている。

グルはラーニーを抱き上げた。デスクの上に座らせて、その足を開かせる。

サリーをかき分け、ラーニーの花弁に舌を這わせた。

「あ……あぁ……」

ラーニーが妙《たえ》なる声を上げて、仰け反る。すでに彼女のそこは潤んで、いつでも男を受け入れられる準備が整っていた。

巫女とはそういうものだ。

ラーニーを玩《もてあそ》びながら、グルはほくそ笑んだ。いずれ、俊也もこうなる。自分から足を開き、男を咥《くわ》え込みたくて甘えてくる生き物になる。

芳《かぐわ》しい花弁に、グルは指を突き入れた。

「あん……っ」

甘く喘いだラーニーに、グルは囁く。

「おまえのココも、だいぶ飽きてきた。新しい神子と交わる日が楽しみだ、ふふふ」

笑いながら、ラーニーのそこで指を出し入れさせる。しっとりと潤んだそこはいまだ甘美な締めつけで男を悦ばせるが、俊也の若い後孔はもっときつく、男を楽しませるだろう。

充分に指で花弁を味わってから、グルはラーニーを抱き上げ、椅子に座った自分の上に腰を落とさせる。

グルに抱きつき、ラーニーはますます甘く、可憐な声で鳴く。

「あ……あぁ……あぁ……ヴィス……あぁ、ヴィス……」

ヴィスというのは、グル――ヴィスワナートの愛称でもあった。

過去、恋人だけが呼んだ愛称……。

かつて愛し、今も愛している恋人の背を、ぼやけた思考の中でラーニーは全力で抱きしめた。


一方、俊也は覚えのある自室に戻されていた。その寝室で、濡れそぼった身体を横たえられる。

「——さて、続きをするか」

ラジーブが楽しそうに、俊也を見下ろしてくる。

俊也は息も絶え絶えだ。さっきグルの書斎で達したというのに、運ばれていく間に中の淫具をまた動かされて、再び昂ぶっていた。

「ひどい……こんな……ぁ」

なじる俊也を、ダヤラムが冷ややかに見下ろす。

「仕方がないでしょう。やらなくては、グルが不審に思います」

マハヴィルまでが、俊也の枕元に腰を下ろして触れてくる。

「すまない、シュンヤ。あと一、二回イッたら、やめるから」

涙目で、俊也は唇を嚙みしめる。自分に加えられた仕打ちの意味を、俊也も理解している。事前に説明されていたし、やむを得ないと受け入れてもいた。

しかし、現実に恥ずかしい姿を三人に視姦されるのは、たまらないものがある。

マハヴィルに言われておとなしくなった俊也に、ダヤラムが嫉妬の眼差しを向ける。

ラジーブでさえも忌々しげだ。

どうせ秘儀の魔力で変化したこの身体にしか興味がないくせに、なにを妬《や》いているのだろう。

俊也にはおかしなことでしかない。

元々の自分は、特別な魅力などない平凡な人間だ。その平凡な自分を愛し、求めてくれるならまだしも、彼らが欲しているのは淫らに変えられつつある俊也だった。

そんな独占欲は嬉しくない。

俊也は唇を噛みしめ、淫具を操る男たちの仕打ちに耐えた。腰を跳ね上げて達し、次には両腕を頭上で縛られる。

「なんで……ぁ」

まだ淫具による凌辱は終わっていない。中でいやらしく太いバイブを振動させながら、ラジーブが嘯いた。

「わたしたちが話し合っている間、おまえは時間を稼げ」

「そ、んな……あ……んんっ」

「ひどい人ですね、あなたは……」

ダヤラムがさすがにため息をつく。だが、その目は触れたそうに、俊也を見つめていた。

俊也はつらくて、顔を背ける。しかし、そうすると今度はマハヴィルが目に入った。

熱い眼差しがそそがれている。

俊也の鼓動がドクリと跳ねた。そんな熱い目で見つめられたら……。

だが、マハヴィルが俊也に欲情するのだって、実際のところはグルの秘儀のせいだ。元のままの俊也に、マハヴィルが欲情するとは思えなかった。

切なくて、俊也は目蓋《まぶた》をギュッと閉じた。

と、寝台の上の天蓋から紗が下りてくる衣擦《きぬず》れの音が聞こえた。

「……つまらない男だな、マハヴィル」

それで、マハヴィルが俊也を男たちの視線から隠すために、天蓋の紗を下ろしてくれたことがわかる。

マハヴィルのやさしい気遣いに、俊也の胸はトクリと鼓動を刻む。

再会して以来、マハヴィルに対して俊也の心はおかしかった。

――必ず、俺が守るから……！

浴室での熱い言葉が、耳に蘇《よみがえ》る。

マハヴィルは俊也を逃がしてくれた。

マハヴィルだけは、俊也のことを案じてくれた。

他の男たちのように欲情していても、彼だけは気遣ってくれる。

――ダメだ……。

淫具の振動に小さく喘ぎながら、俊也は自分を戒《いまし》めた。今、心を動かしたらダメだ。マハヴィルは別に、俊也を好きだから助けてくれるわけではない。教団に潜入した工作員としての責任感から、やさしくしてくれるにすぎない。

欲情するのだって、俊也が秘儀によって淫らに変化したからだ。

二人の関係においてどこにも、マハヴィルにことさら特別に想ってもらえるものはない。なにもない。

だから、勘違いをしてはいけない。そんな勘違いでマハヴィルを特別視したら、最後に泣くのは自分だ。

——縋らない……。

マハヴィルがどんなに親切にしてくれても、自分はけしてそれに寄りかかったりはしない。俊也は俊也で協力するが、それはあくまでも元の自分に戻るための協力だ。言ってみれば、自分自身のための努力だ。

——頼るな……。

俊也は自分にきつく命じた。

「ぁ……ん、ふ……ぅ、うぅ……」

かすかな喘ぎが、紗の向こうから聞こえる。その濡れた声は、三人すべてを熱くさせた。

だが、今触れることは許されていない。

――それにしても、神子の心はマハヴィルに傾いたか。

忌々しく、ラジーブは心中で舌打ちする。

俊也も案外安いものだ。少しやさしくされただけで、あんなふうに心を傾けるとは。

もっとも、それを不愉快に思っているのは、ラジーブだけではない。ダヤラムも不快げだ。

いつでも乙に澄ましたダヤラムが苛立つ様は楽しいが、同様に自分も心を波立たせていては意味がない。

「――で、武器の持ち込みはうまくいきそうですか？」

自分の中の苛立ちと折り合いをつけたのか、ダヤラムがラジーブに訊いてくる。

ラジーブも意識を戻して、「ああ」と頷いた。

「家から送らせた様々な淫具に紛らせて送るよう、指示は出した」

この指示を疑われないためにも、俊也には日々、嬲《なぶ》られてもらわなくてはならない。

「二十八……いや、あともう二十七日後か……。うまくいくといいが」

ダヤラムが呟く。

準備期間は、長いといえば長い。しかし、グルと詠唱を覚えている高僧たちをいっぺんに始末するには、やはりあの秘儀の時間が一番確実だった。一人でも生き残られて、儀式を復活させられてはまずい。

普段は彼らもあちこちに布教に出かけることが多く、なかなか一堂に会することがなかったから、あの淫靡な儀式の時間を狙うしかなかった。

その後はすみやかに、教団本部から脱出する。それが、彼らの計画だった。

あの時ラジーブが示した解決法はふたつあった。

ひとつは、俊也から神子たる正当性を消すこと。

これは、簡単に言えば、その完全性をなくさせるということに他ならない。というのも、神子の条件というのがそれだからだ。

つまり、完全であること。

俊也の場合、完全なる左右対称性が神子たる理由だった。ならば、それを損なえばいい。指を切り落とすなり、目を潰すなり、なにかしら欠けさせれば済む話だった。

だが、それは俊也を傷つけることになる。当然ダヤラムもマハヴィルも——実を言えばラジーブも——反対であった。

小柄だが、均整のとれた俊也の身体は魅力的で、それを損なうのは惜しい。

もう一つの案はまったく違う。こちらは俊也ではなく、グル側に及ぼす手だった。

つまり、いったん始めた秘儀を中断させる。

根拠は、今回の淫夢だ。俊也不在で執行された六夜で、遠く離れた俊也とラジーブたちを繋いだのは、例の寝台を取り囲んで詠唱していた六人の僧侶だった。

ということはつまり、あの詠唱をやめさせれば、秘儀自体も損なわれることになるのではないか。

完全な身体、完全数にこだわる儀式。

その完全性を崩すのは、たしかに効果があるように思われた。

それが、ラジーブの出した二つの案だった。

二つ目の案に、ダヤラムもマハヴィルも賛意を示した。どうせ傷をつけるなら、俊也にではなく、僧侶たちへのほうがいい。

彼らには、全員がしかるべき不快感を持っていた。

ダヤラムは自らの感覚をコントロールされたことに。

マハヴィルは俊也への同情を。

そして、ラジーブはグルごときの得体のしれない男に自家の未来を託す不快感に。

使いきれないほどの資産を使って、適当に遊んでいるように見せかけて、ラジーブは父親のありように批判的だった。

もちろん、没落しつつあったシュリーヴァースタヴ家を立て直したことは素晴らしいと思っている。

しかし、それもグルの摩訶不思議な力のおかげだとしたら、不愉快だ。世が世なら一国の藩王《マハラジャ》であるシュリーヴァースタヴ家が、一介のグルの下風《かふう》に立つなど、ラジーブには許せない。

一国の支配者であるなら、側近は作っても、その側近の言いなりになる愚はあり得ない。

グルになんらかの不可思議な力があることは、今回の件でラジーブにもわかったが、だからこそいつまでもこの教団に関わるのは危険だと、生存本能が告げていた。

そう。グルの力のみならまだいい。だが、その力を使って、グルはなにを企んでいる?

それが問題だった。

ダヤラムとマハヴィルも、グルに不信感を持っているのは、ラジーブには僥倖《ぎょうこう》だった。

——本物のなにかさえなければ、このままシュンヤで遊んでいてもよかったのだがな。

もっとも、グルの力がなくなってなお、あの青年の魅力が保てるかは疑問だ。最初に見た印象どおりの、つまらない青年に戻ってしまう可能性もあった。

だがそれよりも、一度開発された身体の学習能力に、ラジーブは賭けてみる。

よしんば、自分が賭けに負けても、儀式さえ中断させられれば、今後またいくらでも美味な身体の持ち主を探すことは可能だ。

父親のように、富と引き換えに満たされない人生を送るのはごめんだった。

詠唱する僧侶たちを害し、とりあえずは儀式の継続を止める。

あれだけ完全であることにこだわる儀式だ。一夜といえども中断させられれば、それだけで秘儀のすべてが水泡《すいほう》に帰《き》す可能性が高かった。

それにしても、グルが掘り出したというのは、いったいどんな神であるのか。

ラジーブは一人思案する。
六、二十八、四百九十六……すべて、数字でいう完全数に当たる。グルの儀式もこの数字に支配されていた。六夜の交合、二十八日間の間合い。
さらに二十八にはもうひとつの意味もある。秘儀と秘儀の周期年数だ。

通常、グルの儀式は二十八年周期で行われる。二十八年ごとに巫女あるいは神子を生み出し、神の恩寵を地上に現出させる。

俊也はそのサイクルから外れた特別な神子だ。二十八年周期とはまた別の四百九十六年というサイクルが俊也のような真神子を現出させる。

次なる完全数は八百二十八だから、ちょっと非現実的な周期になることを考えると、俊也は人間が手にすることのできる最高の神子ということになる。

それにしても、こういった数字が古代宗教で奥儀的に扱われる事例はままあったが、まさかそれに本当の神秘が隠されていたとは、ラジーブは考えたこともなかった。

紗に隠された寝台からは、相変わらず俊也の悲痛な喘ぎが聞こえてくる。淫具だけで達するようにされて、きっと頭がおかしくなるような悦楽に全身を苛《さいな》まれていることだろう。

多少気の毒にも思えたが、俊也の肉体が日増しに淫らになっていくことは止められなかった。

ふと、ラジーブに懸念が浮かび上がる。

――次の六夜まで、シュンヤの意識はもつかな……。

すでにこんなに淫事に翻弄《ほんろう》されていて、彼の自我が保てるのか、不確かだ。

気も狂うような悦楽に犯されて、前回の秘儀で巫女になった女がすっかり壊れていることを、ラジーブは知っている。

秘儀の事実を知るまでは、単に薬のやりすぎでおかしくなったのだろう程度にしか思っていなかったのだが、こうなると怪しかった。

だが、淫事に染め抜かれるならなるで、別にいいではないか。

残酷な部分が、ラジーブに囁く。ラジーブが必要としている俊也は、淫らな俊也だった。元の地味な青年ではない。

懸念を口に出さぬまま、ラジーブは淡々と教団の内部をさらに詳しく二人に教える。

「――教義についての全貌を知っているのは、グルのみだ。あとはあの詠唱の高僧たちがある程度知っているくらいか」

「では、グルが一連の秘儀を導き出したという古文書はどこに？」

マハヴィルが問う。俊也を救いたい一心なのか、マハヴィルは懸命だ。

あるいは三人の中で、俊也自身を愛しく思っているのは、この男だけかもしれなかった。

そう思いながら、ラジーブは答える。

「古文書は、グルの書斎の金庫に入っている」

「……それも一緒に抹殺したほうがいいな。次の秘儀は八年後になるだろうが、その時までこのことを覚えている人間がいては困る。また犠牲者が生まれることは防がなくては……」

マハヴィルが考え込むように呟く。それにダヤラムも同意する。

「そうですね。異端の教えは、異端だからこそ今日まで世間から消えていたのです。こんなもの、グルは掘り起こすべきではありませんでした」

ラジーブにとって、そんなことはどうでもいい。

欲しいものは俊也の美体。

すべてが終わったあと、独り占めするためにはどうしたらいいか——。

二人を出し抜く方法を、ラジーブはひそかに考えていた。

§第七章

俊也にとって、またたく間に時は過ぎた。日々嬲られ、半ば意識がない時を過ごしたのだから、ある意味当然かもしれない。

それも、ただ三人がかりで嬲られるだけではなかった。隙をついて、それぞれが単独で、俊也のもとを訪れることも多かったのだ。

最初に俊也の寝室に忍び込んできたのは、ラジーブだった。彼はいいものを持ってきたと言って、小さなローターを見せてきた。

『や……なに、それ……』

怯えた身体を捕らえられ、ローターが鈍く振動する様子を見せられる。それから、それをそっと胸に押し当てられた。

『あぅ……っ、ん……な……やぁっ』

小刻みに振動するローターに乳首を刺激されて、たちまち俊也は昂ぶった。ピンと胸の先が硬くなり、同時に、性器が痺れる。両の乳首を代わる代わるローターで苛められて、気がつくと花芯が腹につくほどに反り返っていた。

『ふふふ、胸はこうして気持ちよくしてやるから、性器は自分で扱け、神子よ』

『やっ……だって、なんで……あぁ……』

直接、俊也を苛めているのに、どうしてラジーブに対してあの閃光は出現しないのだろう。

その理由を、ラジーブは知っているようだった。クスクス笑いながら、言ってきた。

『あれから、父に連絡を取って確認してね。どうやら、神子に挿入しようとさえしなければ、禁じられた二十八日間でも、悪戯《いたずら》はできるそうだ。好き者の父がどうやってあの快楽を二十八日間も我慢できたか、不思議だったが……ふふふ』

『そんな……あっ……ぁん、っ……んっ』

やさしく掠めるように、ローターで乳首の先だけツンと突かれる。

ジンとした疼きが乳首から全身に広がり、ただでさえ過敏になっている俊也の身体を蕩かしていった。

ラジーブの愛撫は巧みだった。さすがに、日々を遊び暮らしているだけのことはある。

『気持ちいいことだけ考えていればいい、神子よ。快楽のことだけで、頭をいっぱいにしろ』

そう言って、ラジーブは俊也を散々喘がせて、煽った。

強要されながら逐情させられ、淫らに蜜を吐き出すと褒められる。

『いい子だ。もっといい子になるといい、シュンヤ』

その時初めて『シュンヤ』と自分の名を口に乗せたラジーブに、俊也の心の奥底が震えた。

意地悪と許し、その二つに乱される。

次にやって来たのは、ダヤラムだった。最初はそれほどひどくない望みだった。

『お願いです、神子。どうか、わたしに神子の身体を見せて下さい。見せて下さるだけでいいのです』

熱い眼差しの懇願に、俊也は断る言葉を口にできなかった。

なぜ、と今でも思う。あの時、ダヤラムの頼みを聞かなければ、あんなことにはならなかったのに、と。

けれど、あの夜の俊也はどういうわけか、ダヤラムの願いを聞いてしまった。もしかしたら、あまりにダヤラムが切羽詰まった様子だったからかもしれない。

裸体となった俊也を、ダヤラムはじっと見つめていた。ただじっと、熱っぽい眼差しで、俊也の白い身体を見つめ続ける。

しだいに、俊也はその視線に身の内を焼かれていた。

『……ぁ』

気がつくと、ダヤラムの視線だけで俊也の乳首は尖り、性器は硬くなっていた。

『なんて……淫らな……』

しかし、そう言ったダヤラムの口調は、やさしかった。俊也の淫らさを許すなにかが、その口ぶりにはあった。

自然と、俊也はダヤラムに問いかけていた。

『どう……したら……』

この熱くなった身体をどうしたらいいだろう。

その問いに、ダヤラムがやさしく指示を出してくれる。

『胸を……弄ってみてください。撫でて……抓《つま》んで……』

『………ん、っつ』

腕が勝手に上がり、俊也はダヤラムに見つめられながら自分で自分の胸を弄り出していた。ツンと尖った粒を抓んだり、指先で転がしたり、

『引っ張ってみては……？』

という勧めに従って、乳首を痛いほど引いてみたり。

ツキンとする痛みが快感となって、俊也の足をくずおれさせた。

その身体を、ダヤラムが支える。腰を抱かれながら、俊也は寝台へと誘導された。

『膝を立てて、足を開いて……』

ラジーブのような無理強いはまったくされていない。いつもは冷たいダヤラムの緑の瞳が、今は熱く濡れていて、愛しむように俊也を見つめていた。

その眼差しだけで、身体が蕩ける。

どうして――。

心はマハヴィルにこそ傾いていたはずなのに、ダヤラムの頼みにも簡単に俊也の身体は開いて

いく。見つめられて、熱くなっていく。

信じられなかった。ダヤラムに求められるのが、心地いい。

最後には、言われるままに性器を弄り、ダヤラムの前で俊也は蜜を放っていた。

荒く息をつく俊也を、ダヤラムがやさしく抱きしめてくれる。

『ありがとう……わたしの神子』

わたしの、という言い方が甘美だった。その甘美さがたまらなかった。

こうして、ラジーブとダヤラム、支配者と請願者の二人に、隠れるようにして身体を弄られるようになり、俊也はしだいに混乱していった。

いくらグルを油断させるためとはいえ、日々三人がかりで嬲られているのに、この上、ダヤラムとラジーブにも個人的にこんなことを許すなんて、自分はどうなっているのだろう。

マハヴィルへと心が傾きかけていただけに、俊也は動揺した。そして、唯一頼れるはずのマハヴィルに、助けを求めた。

『お願い。今夜だけでもいいから、オレの部屋に泊まって……』

『どうしたんだ、シュンヤ』

訝《いぶか》しげに問いかけるマハヴィルに、俊也はこれまでに起こったことを訴える。

マハヴィルはもちろん、その夜泊まってくれた。同じベッドに横になり、一緒に眠ってくれる。

ダメだったのは、俊也のほうだった。

シンとした中、互いの息遣いだけを聞きながら、隣に横たわるマハヴィルを俊也は意識していた。

上下する胸、わずかに伝わってくる体温、それにスパイシーな男らしいマハヴィルの匂い――。ドキドキする。あの腕に包まれたら、どれだけ気持ちがいいだろう。

そう思った瞬間、身体がピクリと反応した。それはもうすっかり馴染みになった衝動だった。

俊也は泣きそうになった。自分がどこまで淫らに、どこまでふしだらになったのか、情けなくてたまらなくなる。

気づかれないうちに、と俊也は少しずつマハヴィルと距離を取ろうとした。

しかし、その腕を掴まれる。

『どうした、シュンヤ』

やさしい声だった。温かな問いかけだった。

けれど、掴む手が熱い。

俊也は恐る恐る、マハヴィルを振り返った。そして、ドキリとする。

ベッドの中で、マハヴィルが俊也を熱く凝視していた。

自分は――いや、自分たちは、あの秘儀に関わったばかりにどこまで遠くに来てしまったのだろう。どれほど変わってしまったのだろう。

そんな思いが湧き上がる。

けれど、もはや俊也の肉体は俊也自身の意のままにはならなかった。

誘うように両腕がマハヴィルに差し出される。

マハヴィルがそれを、強く引いた。

一瞬のうちに、俊也はマハヴィルの強い腕の中に抱きしめられる。

俊也は切なくせがんでいた。

『……キスして。お願い……マハヴィル。触れても……大丈夫だから』

マハヴィルが軽く目を見開く。それに俊也は訥々《とつとつ》と説明した。ラジーブに教えられたことを。

『最後さえしなければ、大丈夫なのか……』

『うん……だから、お願い……』

マハヴィルのキスが欲しかった。すべての始まりから俊也を気遣ってくれた人のキスが――。

潤んだ瞳に、マハヴィルがそっと唇を寄せてくるのが見えた。

――あぁ、キスしてもらえる……。

俊也は幸福のうちに目を閉じた。

こうして、挿入以外の密事を交わす、マハヴィルとの情事が始まった。

だがその一方で、俊也はダヤラム、ラジーブとの情事も拒めなかった。

身体の求めに、どうしても抗えないのだ。

俊也の肉欲は、支配する男としてラジーブを、懇願する男としてダヤラムを、愛を交わす男と

してマハヴィルを求めていた。誰一人欠けても不十分だった。

俊也は自分で自分がわからない。これもすべて、グルの行った秘儀のせいなのか。それとも、俊也自身の心の奥深くに隠された、真の俊也なのか。

そうして二十数日を過ごし、俊也はついに運命の寝台に上がった。


沐浴《もくよく》を済ませたあと、俊也は一人で白のインド風の上下を身につけた。もうしばらく、ラダの手を借りていない。下手に手伝ってもらうと、その触れ合いで俊也が感じてしまい、どうしようもないことになるからだ。

それも、計画のうちだった。

俊也は一人で沐浴を済ませたのを利用して、前日にラジーブから渡された拳銃を太腿に装着する。

それから、例の秘儀を執り行う地下の広間へと連れていかれた。

広間に入ると、すでにラジーブ、ダヤラム、マハヴィルの三人は来ていた。

俊也は目を伏せたまま、彼らを見ない。もしも視線を上げたら、眼差しに浮かぶ希望を、グルに気づかれてしまうかもしれないと危惧したからだ。

「二度目の六夜は夢での交合になってしまったが、これでやっと整うな」

グルが言い、俊也たちに寝台の上に上がるよう、指示する。

ラジーブは面白そうに、ダヤラムはしかつめらしく、マハヴィルは心配そうに俊也を見ながら、それぞれ寝台に上がる。

続いて、俯いたままの悄然とした様子で、俊也も寝台の中に入った。

すぐに、天蓋から紗が下ろされる。

「詠唱を！」

グルの命令と同時に、六人の僧侶たちが寝台を取り囲み、決められた詠唱を始める。

ラジーブが悠々と、着衣を脱ぎ始めた。

打ち合わせどおり、ダヤラムとマハヴィルも服を脱ぎ捨てていく。

その途上、それぞれ腰や太腿に隠して持ってきた拳銃を、山のように積まれた枕の下に入れた。

俊也の服は、一番最初に裸身となったラジーブによって脱がされる。もちろん、拳銃も隠してもらった。

「始めるぞ。やっと、おまえとひとつになれる」

演技であって演技でない欲情に溢れた声で、ラジーブが俊也の身体を押し倒す。

すぐに、ダヤラムとマハヴィルも俊也に群がった。

「……や、っ」

いきなりダヤラムに性器を口にされ、俊也は思わず拒絶の声を上げる。

ラジーブに笑われた。

「そこを弄られるのが好きなくせに、まだ恥ずかしがるか。可愛い奴め、ふふふ」

「あまりシュンヤを苛めるな、ラジーブ」

可哀想だと言いながら、マハヴィルの指が乳首を抓む。クリクリと転がされて、俊也から甘い呻きが洩れた。

「ぁ……んぅ……んっ」

「可哀想？　そう言うわりには、おまえもがっついているだろう、マハヴィル」

ラジーブが小気味よさそうに笑う。

男たちの、言葉による小競り合いが始まる。口々に言い合いながら、しかし、彼らの俊也を嬲る手は止まらない。

あっという間に、俊也の身体には火が点《つ》く。

「んん、っ……あ、あぅ……あぁ、っ」

弄られるだけ弄られ続けた身体なのだ。挿入だけされないまま嬲られた日々は、俊也の身体を甘く熟れさせていた。

性器を口に含みながら、後孔に触れてきたダヤラムが驚く。

「もう……蕩けています」

「そうだろう。連日、可愛がってやったのだから、その程度にはなっていてくれねば甲斐《かい》がない。

――誰が一番にする」

ラジーブが傲然と、二人に問いかける。

目顔で、男たちが慌ただしく会話する気配がした。

二十八日――いや、夢での六日をカウントに入れなければ、じかに触れて交り合うのは、実に六十二日ぶりであった。

誰もが、俊也を欲しがって猛っている。

「シュンヤに訊いてみよう」

常に俊也を慮《おもんぱか》ってくれるマハヴィルが言ってくれた。ダヤラム、ラジーブには想定外の選択方法のようだった。

だが、この場合、そうでもしなければ収まりがつきそうにない。それくらい、三人が三人ともいち早く俊也に挿入したくてうずうずしていた。

――あぁ……オレが選ぶなんて……。

俊也は目眩《めまい》がする。最初に挿れてもらう人を自分から指名するなんて、恥ずかしい。

けれど、後ろだけは使われずに嬲られ続けた日々は、俊也の身体を飢えさせていた。

欲しい――。

男が、雄が、欲望が、欲しい。

「ラジーブ……」

零れ出た名前は、ラジーブだった。

マハヴィルの眼差しが絶望に染まる。

ダヤラムは哀しげだ。

俊也も泣きたかった。なぜこの時、手に取ったのはラジーブなのだ。やさしいマハヴィルでも、縋るように俊也を欲しがるダヤラムでもなく、傲慢なラジーブだなんて。

しかし、熟れきった身体を治められるのは、ラジーブの支配だった。マハヴィルの愛でも、ダヤラムの懇願でもない。

それぞれには、それぞれの役割があった。

俊也は自ら、四つん這いの格好になる。

「後ろから……来て……」

蕩けた要求が、唇から洩れ出る。

一方で、瞳はダヤラムを見つめる。

「舐めて……ずっと……」

どこを、と言わずともダヤラムは了解する。四つん這いになった俊也の下肢に身を横たえ、再び性器を口にした。

「あぁ……」

悦楽のため息が、俊也から零れる。その声に煽られたように、背後に回ったラジーブが熟した花襞を広げてきた。

「こうしてほしいのだろう……？」

そう言うと、ひと息に俊也の蜜壺を猛々しい充溢《じゅういつ》で貫いてくる。

「あぁぁぁぁぁ――……っっ！」

長い悲鳴を上げて、俊也は全身を硬直させた。ダヤラムの口の中で花芯がドクリと震え、最初の蜜が迸る。

それをダヤラムが喉を鳴らして飲み込むのに、俊也はうっとりと聞き入っていた。

溶ける――。

細胞ごと全身が溶け、なにかもっとトロリとしたものと混ざり合う。

――これ……最初の時の……。

はじめの六夜で感じた、あの感覚だ。なにかと細胞ごと溶け合い、混じり合っていく感覚。

だが、気持ちいい。

「動いて……あぁ……」

深々と自分の中を犯したラジーブに、俊也は甘くねだった。

すぐに、ラジーブがゆったりと動き始める。

だが、まだ足りない。そう、マハヴィルが。

悦楽に潤んだ瞳で、俊也は悲痛な面持ちのマハヴィルを見上げた。

そんな悲しい顔をしないでほしい。最初に求めなかったからといって、マハヴィルを愛していないわけではないのだ。

愛しているからこそ、マハヴィルには奉仕したい。

「ここに……お願い、マハヴィル……ぁ」

小さく喘ぎながら、俊也は愛しい人に向かって大きく口を開いた。

マハヴィルが目を見開く。誘うように舌をひらめかせながら、俊也は哀願した。

「マハヴィルを……愛させて……」

とたんに、マハヴィルの愁眉が晴れた。

「……わかった」

興奮に呼吸を上擦《うわず》らせながら、マハヴィルが俊也の前に膝をつく。そうして、そっと、口中に雄を含ませてきた。

「ん……んぅ……」

美味しい。青臭い先走りの苦みがたまらない。

背後からはラジーブが、マハヴィルを誘った俊也に苛立ったかのように、ガツガツと後孔を穿っている。

俊也の花芯を舐《ねぶ》っているダヤラムも同様だ。自分が一番、俊也を感じさせようと、口と舌、さらに手も使って、俊也を昂ぶらせていく。

俊也も夢中で、マハヴィルの性器に舌を絡みつかせた。熱くて、咥えているだけでジンジンする。

全身が快楽に染まった。

「シュンヤ……あぁ……」

俊也の頭を抱きかかえて、マハヴィルが呻く。感じてくれていることに、俊也もまた昂ぶった。

だが、後ろからのラジーブの抽挿《ちゅうそう》にも酔いしれる。中の襞を伸ばすように抉られて、俊也の脳髄が痺れる。

「んん……ふ、ぁ……んぅ」

下肢からは、ダヤラムの蕩けるような口淫。

と、背後からラジーブが、俊也の胸に手を回して、尖りきった乳首を弾いていた。

鋭い刺激に、俊也の中が収縮する。

「んっ……いいぞ、神子よ」

低く呻いて、淫らに雄を締め上げた花襞の中に、ラジーブが悦びの樹液を解き放つ。

達すると、今度はダヤラムが這い出て、ラジーブと場所を代わった。

「……んぅっ！」

ズブリ、と俊也を突き刺してきて、マハヴィルになにか指示する。

「……ぁ、ん」

口から、マハヴィルが出ていった。物足りなくて、俊也は怨《えん》じるようにマハヴィルを睨んだ。

だが、やさしく微笑まれる。

「あっ……」

繋がったまま、俊也は上体を起こされた。膝立ちになって、濡れて勃ち上がった性器も、ピンクの乳首もすべて晒される。

性器に、ラジーブがパクリと咥えついた。

「あ……ラジーブ……んんっ」

ラジーブがそんなことをするなんて。

鳴かされたことは多々あるが、ラジーブ自身が俊也のそこを口で愛することはなかった。

それが、ねっとりと舌を絡みつかせてくる。

ブルリ、と俊也は震えた。よくて、頭がどうかしてしまいそうだった。

と、頬をマハヴィルに包まれる。

「シュンヤ、今度はキスを……」

「……ん」

甘い甘い口づけが、マハヴィルから与えられる。すぐに口中に舌が入ってきて、柔らかな粘膜すべてを舐められた。

それらを見届けて、背後のダヤラムが動き出す。ゆったりと味わうように、一度中に樹液を放たれた俊也の後孔を穿った。

俊也はもう陶然《とうぜん》としている。全身が、頭の中まで三人からの至上の悦びでいっぱいになっている。

高まる交合の気配に、寝台を取り囲む僧侶たちの詠唱もひときわ高くなっていった。

やがて、ダヤラムが達し、ついにマハヴィルの充溢を、俊也は身体の奥深くに感じる。背後からではない。体勢を変えて、仰向けに横たわった俊也に、マハヴィルが伸しかかる。

「あぁ……マハヴィル……」

どういうつもりか、ダヤラムもラジーブも手を出さず、俊也とマハヴィルは正常位で抱き合った。

仰向けに押し倒され、大きく広げられた深みに愛する人の欲望を挿入されて、俊也は涙ぐむ。

震える腕を差し伸ばしてマハヴィルを抱きしめると、マハヴィルもまた俊也を強く抱きしめてくれた。

「あぁ……あぁ……マハヴィル……いぃ……」

「ああ、シュンヤ……最高だ。愛してる」

ハープの弦が鳴るように、俊也のなにかが震えた。すぐに全身が共鳴して、歓喜の渦が俊也を呑み込んでいく。

愛している――。

そうマハヴィルが言ってくれた。俊也を愛している、と。

「マハヴィル……マハヴィル……あぁっ」

「シュンヤ……ん、いい……」

夢中になって、俊也はマハヴィルと互いを求め合った。

なぜか、ダヤラムとラジーブが仕方がないとでもいう顔をして、二人を見下ろしている。

しだいに激しくなる抽挿に、俊也は我を忘れた。いい、最高にいい。

身体が浮き上がるほどに突き上げられ、気がつくと俊也は絶叫していた。

「あぁぁぁぁぁぁぁぁ――……っっ!!」

「くぅぅ……っ！」

マハヴィルの蜜が奥深くまで、俊也を犯す。

俊也も思いきり蜜を噴き上げた。

それが、合図だった――。


ダヤラムは素早く枕の下に手を差し入れ、拳銃を手に取った。

寝台を覆う紗をかき上げ、まずは手近の僧侶を撃つ。

反対側ではラジーブが、同じように僧侶を撃っていた。

「なっ……！」

グルが絶句している。なにが起こったのか、俄《にわか》には理解できないのだろう。

間髪《かんはつ》容れず、ダヤラムとラジーブは次々に僧侶を行動不能の状態にしていく。

その間にマハヴィルも寝台から出てきて、扉の閂《かんぬき》を外そうとした僧侶を背後から撃っていた。

「うわぁぁ……っ！」

叫び声を上げて、次々に僧侶たちが倒れていく。

これで、秘儀の継続は不可能だ。

「お、おまえたち……」

グルが地の底から絞り出すような声で、ダヤラムたちを睨んでいた。祭壇を背に、ブルブルと震えている。

恐怖ではない。怒りの震えだった。

「よくも……よくもこんなことを……！　せっかくおまえたちに神の恩寵を授けようとしたというのに、血迷ったか！」

怒鳴り、拳《こぶし》を震わせる。

それをダヤラムは冷ややかに見遣った。

「そんな恩寵など、望みません。わたしは、わたしの力で成功する」

「そうだ、おまえは必要ない」

ラジーブの切り捨てる言葉。銃口が真っ直ぐに、グルへと向けられていた。

グルの顔色が一気に青褪《あおざ》め、ついで怒りに染まった。誰の裏切りよりも、父の代からの特別な信者であるラジーブの裏切りが、もっともグルを怒らせたのだろう。

「おまえ……おまえは……！」

ダヤラムたちの背後では、マハヴィルが俊也を寝台から連れ出していた。周囲に飛び散る血に青褪めているが、俊也はしっかりと自分の足で床に立つ。

支えるように背に触れているマハヴィルが癪《しゃく》に障ったが、ダヤラムは今はそういう時ではないと自制した。

だが、その嫉妬が隙になった。

グルが身を翻《ひるがえ》して、祭壇の後ろに回り込む。なにかがガタンと開く音がして、ついで閉まった。

ダヤラムはハッと息を呑む。

「グル……！」

ラジーブが忌々しげに床を蹴った。

「……くそっ」

ラジーブも、マハヴィルに嫉妬して動きに隙を作ってしまったのだろう。悔しそうだ。

だが、グルを逃がすわけにはいかなかった。

「追うぞ！」

声を上げると、手早く、脱ぎ捨てた着衣を身につける。慌ただしい身支度のあと、四人は広間を飛び出た。俊也を背後に庇いながら、階段を駆け上がり、廊下に出る。

まだ地下の惨劇に気づいていないのか、廊下はシンとしていた。

「急ごう！」

進むラジーブに、ダヤラムは訊いた。心当たりがあるのだろうか。

「どこに行く気ですか、ラジーブ」

「決まっている。巫女の部屋だ」

「巫女の？」

首を傾げたダヤラムに、後ろからマハヴィルが言ってくる。

「こうなっては、グルの切り札は二十年前の秘儀で巫女としたあの女性だけだ。逃げるにしても、必ず連れて出る」

いつものマハヴィルらしからぬ、きっぱりとした口調だった。振り返ると、マハヴィルは険しい顔をしている。

俊也も唇を噛みしめていた。

急ぎ、ダヤラムたちは二階にある巫女の部屋に向かった。

だが、その途中で爆発が起こる。グルの書斎の方角だ。

「くそ……っ！　もうそんな時間か」

マハヴィルが舌打ちするのが聞こえた。

だが、口にされた言葉は聞き捨てならない。ダヤラムは走りながら問い詰めた。

「どういうことだ、マハヴィル」

しかし、爆発に驚いた僧侶たちが、部屋部屋から飛び出てくる。

「なんだ！」

「なにがあった！」

彼らの目が、銃を手に走るダヤラムたちを捉えた。

「どうして……今は儀式のはずでは……」

その時、二階の巫女の部屋が開いた。

「そいつらを捕まえろ！　我らが神を裏切った背教者だ！」

グルの声が廊下に響いた。とたんに、僧侶たちの目の色が変わる。

ダヤラムは「まずい」と舌打ちした。こうなっては、邪魔者を排除するしかない。

「殺《や》りますよ！」

「ああ」

ラジーブが短い返事とともに、駆け寄ってきた僧侶を射殺する。

続いて、マハヴィルも手際よく僧侶たちを撃っていく。その腕は、ちょっと信じられないくらい的確だった。

――彼はいったい……。

ダヤラムの胸に疑念が生じる。しかし、今はそれを吟味《ぎんみ》している時間はない。

俊也を巧みに庇いながら、ダヤラムたちは巫女とともに部屋を出たグルを追おうとした。

だが、再び爆発音が響く。今度の爆発は、教団の書庫からだった。

その音に気を取られたせいか、俊也の腕を僧侶に掴まれる。

「あっ……！」

俊也の叫びに、ダヤラムは青褪めた。すぐに助けなくては。

だが、逃げるグルの指示を忠実に守って、僧侶たちが次々とダヤラムたちに襲いかかってくる。

「シュンヤ……！」

マハヴィルが叫ぶが、俊也の身体が僧侶たちの中に引きずり込まれる。

「くそっ……！」

ラジーブが怒声を上げるのが聞こえた。

しかし――。


鈍い銃声が、廊下に響く。俊也の腕を掴んだ男が呆然と目を見開き、くずおれた。

俊也は身をよじり、呆気にとられている僧侶たちから逃げだす。

撃ったのは、俊也だった。自分の分として渡されていた拳銃を、今こそその時だと使ったのだ。

だが、もう怖くなったのか、手が震えてくる。

撃ってしまった。初めて人に対して、銃を撃ってしまった。

そのことが恐ろしくなる。

だが、ここから逃げ出すためだと、自分を鼓舞する。相手のことなど考えている余裕はない。自分のことだけで手いっぱいなのだ、今は。性奴隷になりたくなければ、撃て。

また腕を摑まれそうになり、俊也はその腕のほうに向かって銃を撃った。

今度は外れる。至近距離からだったさっきとは違って、少しでも距離があるともう、初めての射撃は定まらない。

練習すらしていないのだから、腰をすえて、反動で跳ばされないようにするだけでやっとだ。

間を置かず、もう一度銃を撃ちかけた俊也の腰を、ラジーブが強く抱き寄せた。

「よくやった、上出来だ」

強い声に褒められて、俊也はホッとする。三人のところに戻れたのだ。

安堵が全身に広がりかける。

だが、すぐにハッとして、気を引きしめた。まだ気を抜いていい場所ではない。グルはまだ捕らえていないし、この場から逃げなくてはならない。それに、謎の爆発も気になる。

今度は屋敷の屋上から、爆破音が聞こえた。

拳銃で僧侶たちを威嚇《いかく》しながら、俊也たちは逃げたグルを追って、階段を上がった。

「今の爆発で、屋上のヘリポートは使えなくなったな」

隣を行くラジーブの言葉に、俊也はハッとして彼の顔を見上げた。

それに頷き、

「多分、こちらの味方だろう。この爆破の主は」

とラジーブが続ける。

「味方……」

俊也は目を見開いた。自分たちの知らない味方が、ここにいる。

いや。俊也は走りながら、前を行くマハヴィルを見上げた。

——マハヴィルだ。

きっと、彼がなにか仕掛けたのだ。

ラジーブは知らないようだが、俊也は聞いている。マハヴィルは、政府の工作員だった。この教団のことを調べるために、自分の生まれを利用して入り込んだ男だった。

その彼が、今日の作戦のためになにか仕掛けていても不思議ではない。

階段を上がりきると、屋上を爆破されたグルが別の逃げ場を求めて、どこかの部屋に入るのが見えた。

「急げ！」

マハヴィルが俊也たちを急かす。閉まったドアに駆け寄り、慎重に開いた。と、中から銃弾が飛んでくる。グルが撃ってきたようだった。

「くそ……！」

マハヴィルが吐き捨てる。だが、腕時計をチラリと確認して、ダヤラムに命令する。

「援護しろ！」

「わかった」

俊也は息を呑んだ。マハヴィルが室内に飛び込んでいく。

なんて無謀《むぼう》な、と思った時、また爆発音がした。床が振動する。

それでグルに隙が出て、マハヴィルは銃を向けた。

だが、撃とうとして、足元がぐらつく。度重なる爆破で、屋敷自体が揺らぎ始めたのだ。

「ラーニー、行くぞ！」

グルがテラスへの窓を開いて、巫女の腕を引く。夢でも見ているような表情の巫女は、手を引かれるままにグルについていく。

安定しない床に、俊也は不安を覚えた。今にも崩れるのではないか。

揺れのせいで、マハヴィルたちもグルを銃で狙えない。

追いかけて捕まえようとすると、グルがなにかの紐を引いた。鋭い空気音がして、飛行機の脱出に使用するようなビニール製の滑り台が一気に一階まで伸びる。

あれで下に逃げる気なのだ。だから、この部屋に飛び込んだのか。

「待て！」

「ちくしょう……！」

ダヤラム、マハヴィルが怒鳴る。

ラジーブは俊也を庇い、廊下のほうから僧侶たちが上がってくることを警戒していた。

一人の僧侶が階段を上がってきて、ラジーブがそれを撃つ。

俊也はビクリと肩を震わせたが、すぐにグルのほうへと視線を戻す。

グルが巫女を連れて、滑り台にサッと乗る。

滑り降りていくグルたちを見下ろしたマハヴィルが舌打ちした。

「車が……！」

この部屋に入った時、室内電話で配下に指示を出していたのか、滑り台の下には黒塗りの車が停まっていて、グルと巫女を回収しようと待っていた。

マハヴィルたちはすぐに追おうとするが、車のそばにいる僧侶たちがマハヴィルたちに向かって銃を撃ち、容易に滑り降りられない。

グルに逃げられてしまう！

そう思った俊也だったが、グルのことを気にしている状況ではなくなってきた。階段から次々と、武器を手にした僧侶たちが上がってきていた。

「くそっ……きりがない！」

ラジーブが呻き、部屋に入る。扉を閉めたが、入られるのは時間の問題だった。

また、どこかで爆発音が響いた。

「おい、あれはなんなんだ！」

ラジーブが苛立つ。

グルたちを車に入れまいと銃を撃ちながら、マハヴィルが答えた。

「俺が仕掛けた。万が一計画がうまくいかなかった時のための。セカンドプランだ！」

怒鳴ったマハヴィルを、隣で同じように銃を撃っていたダヤラムがチラリと見遣る。

用意周到なマハヴィルに、ダヤラムもラジーブも違和感を覚えているようだった。

だが、グルが車に入ったのが見えて、ダヤラムが舌打ちする。

グルが命令する大声が、ここにまで聞こえた。

「神子は確保しろ！　けして殺すな！」

まだ俊也を諦めていないのだ。

俊也はゾクリと震えた。グルが生きている限り、自分は狙われ続けるのか。

――そんなの……！

しかし、ドアが蹴破られ、僧侶たちが入ってきた。

逃げたくても、滑り台の下にも僧侶たちがいるため、降りられない。

焦る俊也たちを尻目に、車が発進しようとした。その時――。

「うわぁぁぁ…………っ！」

階下から、悲鳴が聞こえた。こもったような銃声が聞こえて、グルが車から転がりでてくる。部屋に侵入してきた僧侶たちを撃っていたマハヴィルたちの代わりに、俊也が階下を見下ろした。その目が見開かれる。

「グルが……っ！」

目にしているものが信じられなかった。

車のそばで、マハヴィルたちに向かって銃を撃っていた僧侶たちも、呆然とグルを――そして、グルを銃で撃っている巫女を見つめていた。

「巫女が、グルを撃っている……！」

「なにっ!?」

ラジーブが、ダヤラムが、マハヴィルが、僧侶たちに応戦しながら、驚きの声を上げる。

その彼らに、俊也は状況を口早に話した。

「巫女がグルを撃ってる……撃ち殺してる……あ、グルが起き上がれなくなった……また撃った！」

と、また爆発音が響いた。ピシ、と床や壁にひびが入る。

「まずい、崩れるぞ！」

「みんな、あの滑り台で逃げろ！」

ダヤラムの叫びに、俊也たちは一目散にテラス口からテラスに出て、滑り台に飛び乗った。

「待て！」

まだ撃ち殺されていなかった僧侶が追ってこようとしたが、ドンと屋敷が振動して、足を取られる。

俊也たちが地面に着くか着かないかのところで、屋敷が崩壊し始めた。

「崩れる……全部……！」

ラジーブ、ダヤラムに庇われて地面に降り立った俊也は呆然と呟いた。

俊也たちを追おうと、テラスにやって来た僧侶たちが次々と屋敷の崩壊に巻き込まれていく。

この惨状の中で、いったいどれだけの人たちが屋敷から逃げられただろう。

俊也は呆然と、ラジーブに引かれて崩壊現場から逃れながら、崩れ落ちる教団本部を見つめていた。

マハヴィルが、逃げ出した僧侶たちを無表情に撃ち殺している。

——殺してる……まだ……。

すべてが夢の中の出来事のようだった。爆発物を仕掛けたのは、マハヴィルだ。まさか、最初からマハヴィルは彼らを皆殺しにする予定でいたのだろうか。

ふと見ると、ダヤラムが巫女の腕を取っている。銃弾をグルに撃ち込んだ巫女は、もはやピクリとも動かないグルを凝視していた。

「ここにいては危険です。離れましょう」

ダヤラムが巫女に話しかけている。

しかし、巫女は地面に根が生えたように立ち尽くして、離れない。

「おい、ダヤラム、急げ！」

ラジーブが急かすが、巫女は頑として動かなかった。

けれど、ラジーブが声を上げたことで、ラジーブのそばにいた俊也に気づく。

ふと、その黒い瞳に正気の光が射したように見えた。

「あ……」

思わず、俊也は声を洩らす。じっと俊也を見つめてきた巫女の目は、なんともいえず哀しげであった。

「わたしのものなの……」

巫女の口が開いた。一本調子の、どこか子供のような呟きだった。

「え……？」

ダヤラムが訊き返す。

しかし、巫女は俊也を見つめたまま、また同じ言葉を口にした。

「わたしのものなの……」

そうして、ダヤラムの腕を払い、仰向けに倒れたグルに歩み寄った。やさしく抱き起こして、大切そうに抱きしめる。

「わたしのもの……愛しいあなた。誰にも…………」

巫女の柔らかな口調が途切れる。

グルを抱きしめたまま、巫女が顔を上げた。真っ直ぐに俊也を見つめるが、それはさっきまでの哀しげな眼差しではなかった。

憎しみ――。

純粋な憎悪で、巫女は俊也を見つめてくる。

そして、おそらくは狂気に犯された中でただひとつ残った想いを口に乗せて吐き出す。

「誰にもこの人は渡さない……」

俊也はなぜか、涙ぐんだ。巫女の想いがダイレクトに自分の中に流れ込み、苦しくなる。

これは、互いに秘儀に選ばれた者同士だからこその現象だろうか。神を通じて、俊也と彼女も繋がったのか。

だが、理屈などどうでもよかった。大切なのは、流れ込んでくる彼女の想い。

愛している――。

この人だけ、生涯――。

ヴィスワナートのためならなんでもできる――。

「あぁ……」

この人は――この女性は、グルを愛していたのだ。愛していたから、望まれるままに巫女となり、グルのために我が身を犠牲にしてきた。

グル以外の男に抱かれ、数限りなく抱かれて、文字どおり、グルのためになんでもしてきた。

なぜ、彼女がこの期に及んでグルを殺したのか、俊也にはわかった。

愛していたからだ。

新しい神子が生まれ、自分が用済みとなることを察知したから、だから、奪われる前にグルを殺した。

「いや……違う……」

「くそっ……逃げるぞ、シュンヤ！」

ラジーブが俊也の腕を引く。ダヤラムもマハヴィルも、女性をともに連れていくことを諦めて、屋敷の崩壊から逃げることを選択する。

ラジーブだけではない。ダヤラム、マハヴィルにも腕を、身体を取られて、俊也は屋敷そばから連れ出されていく。

一緒に足を動かさなくては。

そう思うのに、俊也は自分をじっと見つめる巫女から目を離せなかった。彼女の想いが、自分の中に流れ込んでいる。

彼女がグルを殺したのは、用済みになるからではない。彼女は――いや、グルは俊也が完全に神子と化した時、俊也を抱くつもりだった。これまで彼女を抱いてきたのと同じように、俊也の身体も楽しむつもりだった。

それが彼女には許せなかったのだ。

『わたしだけが、この人の特別だと思ってきたのに……』

それなのに、もう一人の『特別』が現れることに、彼女は我慢ならなかった。

神の狂気に冒されていた彼女を正気に戻したのは、グルの放った一言だった。

――神子を確保しろ！　けして殺すな！

その一言が、彼女を覚醒させた。ただし、すべてではない。二十年もの間、グルを愛しながら他の男たちに抱かれてきた年月が、彼女の心を歪めていた。

純粋な愛を、狂気の執着に――。

遠ざかる俊也から、やがて彼女は視線を外す。腕の中のグルを見つめ、愛しげに口づけるのが見えた。

『愛しています。あなただけを……生涯かけて……わたしのヴィス……愛するヴィスワナート』

囁くような彼女の思考が、俊也の目を潤ませる。

たとえ狂気のような想いであっても、それは彼女の中に残されたたったひとつの真実だった。

ヒトとしてのすべてを剝ぎとられ、神の器として扱われた歳月の中残った、ただひとつの彼女自身のもの。

それを、誰に非難できるだろう。

もし、誰かを非難しなくてはならないなら、それは、彼女の愛を利用して、その心を歪めたグルだった。

どういう経緯《いきさつ》があって、グルが彼女を巫女に選んだのかはわからない。けれど、彼女の心を利用して、自分のためにいいように使ったことは確かだった。

「ラーニー……」

流れ込んできた思考から知った、彼女の名を口にする。

可哀想なラーニー。

だが、今、ラーニーの心は幸福に満たされていた。愛するグル——ヴィスワナートとともに逝けるのだ。

ラーニーの腕がゆっくりと上がるのを、俊也はじっと見つめていた。

グルを見つめながら、ラーニーが微笑む。こめかみに銃口を当てる。

そして、銃声がかすかに聞こえた。崩れ落ちる瓦礫《がれき》の音で、それは小さくしか聞こえない。

瓦礫から上がる土煙の向こうでラーニーが倒れるのを、俊也はボロボロと泣きながら見ていた。

哀しくとも、これが彼女にとってはベストな結末だった。愛する男を、ついに自分一人のものにしたのだから。

三人の男たちに運ばれながら、俊也は啜り泣いた。

§第八章

ホテルのベッドで、俊也はまんじりともせず横になっていた。

入浴し、綺麗な夜着に着替えている。

教団本部がマハヴィルの仕掛けた爆発物によって壊滅状態になったあと、ひそかに逃れたダヤラムが教団近郊の街ウダイプルで取ったホテルに、俊也たちはいた。

マハヴィルは後始末のために教団本部のあった場所に残っている。あんなになるまで爆破して、マハヴィルはどう政府関係者に説明するつもりなのだろう。

多少心配ではあったが、それよりもあまりにたくさんのことが起こりすぎて、俊也はなにも考えずにぼぅっとしていたかった。

そんな俊也の疲労を慮ったのか、ダヤラムもラジーブも、俊也を寝室に一人にしてくれている。

それにしても、とりあえず取ったというわりには豪華なホテルだ。外観は白亜《はくあ》のインド風の宮殿で、内装もそれに劣らず重厚。しかし、絶妙な割合でモダンなテイストも加わっていて、使いやすい。

そこのスイートが俊也たちの部屋だった。驚くべきことに寝室が三つ、リビングが二つ、浴室も二つ、ダイニングに、会議でもできそうな大きなテーブルに椅子がセットされた部屋もあった。

つくづく、彼らが俊也とは次元の違う資産を持つ男たちだと感じさせられる。今後、俊也が一生働いても、こんな部屋に泊まれることはないだろう。

そんなことを考えて、胸を塞ぐ沈鬱な思いを少しでも軽くしたいと思ったが、少しもうまくいかない。束の間繋がったラーニーの想いは重すぎて、切なすぎて、気を抜くとまだ引きずられそうになる。

ラーニーの境遇は、あまりに悲惨すぎた。

グルは、少しくらいはラーニーを愛しただろうか。愛しいと思ったことはあったのだろうか。ほんの少しでもいいからあったらいい、と俊也は願った。最初から最後まで利用されたままでは、彼女があまりに可哀想すぎる。

それと同時に、同じ境遇に身を置かれた自分のことも、俊也は振り返った。

最後の、偽りの儀式での交合――。

ラジーブもダヤラムも、情熱的に俊也を抱いた。マハヴィルは『愛している』という言葉すらくれた。

けれど、その中のどれくらいが真実だったのだろう。

狂乱の時間から離れ、教団そのものすら瓦解させた今、俊也の心を蝕《むしば》むのはその思いだ。

それに、もうひとつの心配もある。秘儀に必要な詠唱ができる者はもういないとはいえ、それで本当に自分たちが解放されるのかはまだ不明だ。

結果は、遅くとも次の夜にははっきりする。眠りにつき、再びあの淫夢を見なければ——。もし、見ずにすんだら、自分たちは解放されたことになる。それぞれ元の生活に戻り、以前の自分に帰れる。

だが、自分は本当に帰りたいのか。

俊也の胸がズキリと痛んだ。

「マハヴィル……」

天蓋付きの寝台の上で横たわり、俊也は愛を伝え合った男の名を口にした。

あの瞬間、たしかに自分はマハヴィルを愛した。愛しいと感じた。

それは今も、心に留まっている。マハヴィルが愛しい。恋しい。

けれど、マハヴィルはどうだろう。熱に浮かされて口走っただけではないと、誰に言いきれるだろう。

俊也は、マハヴィルと比べてあまりにもちっぽけだった。家柄にも財産にも恵まれず、頭だって人並み外れていいわけではない。容姿も、特別人目を引くような美形ではなかった。

マハヴィルたちだって、最初に俊也を目にした時、きっとガッカリしていたに違いない。こんな十人並みの男を抱かなくてはいけないのか、と。

その後は情熱的に俊也を求めてくれたが、それだって、俊也自身の魅力ではない。グルの秘儀のせいで妙なフェロモンを発するようになったのが原因だ。

秘儀を中断に追い込んだ今、自分にさっきまでの蠱惑《こわく》的な魅力が残っているか、俊也には疑問だった。少しくらいは残っているかもしれないが、それだって、時が経てば経つほど薄くなり、やがては消えてなくなるだろう。

そうなったら、ラジーブもダヤラムも、愛を誓ったマハヴィルだって、俊也に魅力を感じなくなる。

俊也は両腕で顔を覆った。自分になんの個人的な魅力もないことを再認識するのは、つらい。彼らのような人並み以上にもてるだろう男たちを惹きつけるものに欠けていると思い知らされるのは、苦しかった。

と、思考が止まる。

——彼ら……？

なぜ、自分は『彼ら』などと思ったのだろう。

俊也はドキリとする。『彼ら』ではない、『彼』だ。自分が愛を誓ったのは、マハヴィルのみではないか。

——いや……誓……った……？

慌ただしく、俊也はあの時の行為を思い出す。ダヤラムに背後から貫かれて、マハヴィルとキスをして、そのあと、最後にマハヴィルと繋がった。

マハヴィルが俊也に愛を囁いて——。

『ああ、シュンヤ……最高だ。愛してる』

その言葉に、俊也のすべてが共鳴するように震えた。

けれど、自分はそれに答えたか？

いいや、自分はマハヴィルに抱きついた。彼の与える悦楽に浸りきった。

最後の六夜に至るまでの二十数日を、俊也は思い出していた。他の二人の目を避けるように、それぞれ別々に俊也を訪れていた三人。

その各々《おのおの》から与えられる悦びを、俊也は愛した。

ラジーブからは支配される悦びを。

ダヤラムからは懇願される悦びを。

マハヴィルからは愛される悦びを。

その中で、自分がもっとも愛したのは、どれ？

俊也は自分自身に問いかける。

長い長い沈黙のあと、俊也は呟いた。

「……わからない」

考えても考えても、答えは見つからなかった。

自分は——自分の心は、どうなってしまったのだろう。本当に、元のなんということはない平凡な自分に戻れるのか。

確信が消えていく。

俊也は迷いの中で、三人の男たちが現れるのを待った。


「——済んだか」

疲れた様子で入ってきたマハヴィルに、リビングで寛いでいたラジーブが目を上げる。その近くではダヤラムが、足を組んで本を読んでいた。彼も、マハヴィルの気配に気づいて顔を上げている。

「うまくいきましたか？」

訊ねる二人に、マハヴィルが無言で頷く。ひどい顔色だった。

昨夜の教団壊滅から一昼夜、マハヴィルはそれこそ東奔西走《とうほんせいそう》して、俊也を始め、ラジーブ、ダヤラムたちの教団における痕跡を消してくれたのだろう。

深いため息をついて、マハヴィルがソファの一角に腰を下ろした。ドサリと重い音だ。

「……あの屋敷の生存者はゼロだ。最後に大量の爆薬で吹っ飛ばしておいたから、グルの集めた古書も、書き残した文書も、生き証人も、なにもかもが瓦礫と灰に消えた。離れの下働きは、あの屋敷に誰が来ていたのか知らない。知っているのは、新しい神子が誕生すること、その儀式のために選ばれた信者が務めを果たしていること、その程度だ」

「つまり、わたしたちのことも、俊也のことも、個人名は洩れていないということですね」

「ああ……」

それはとても、マハヴィルにとって不本意なことらしかった。

屋敷から二手に分かれた時、ラジーブもダヤラムも、マハヴィルが実は政府によって教団に潜入した工作員であることを打ち明けられている。

ただ、場合が場合だったため、詳しい話はまだだった。

だが、マハヴィルが不在であった一昼夜で、だいたいの推測はできている。

教団は、この二十年の間にそうとうインドの上層部に食い込みつつあった。そのうち、どれだけの権力者が、グルに帰依していたのだろうか。

その資料も、教団本部の爆破とともに塵《ちり》と消えている。俊也を守るためとはいえ、マハヴィルにとっては、せっかくの苦労が水の泡といえた。

しかし、ラジーブ、ダヤラム、俊也にとっては都合がよかった。ラジーブとダヤラムの家名は守られたし、俊也もこれ以上の面倒に巻き込まれなくてすむ。マハヴィルには悪いが。

ダヤラムはマハヴィルの心情を慮って、わずかに目を伏せる。

もっとも、ラジーブは相変わらず傲慢だった。

「ならば、もう心配ないな」

そう言うと、ソファから立ち上がる。そうして大きな足取りで、リビングから出ていこうとした。

ダヤラムが止める。

「待って下さい、ラジーブ。シュンヤのところに行くのですか?」

ラジーブが振り返って、にやりと笑う。

「すべてがうまくいったのなら、次はわたしたちの番だ。違うか?」

「わたしたちの番って、なにをするつもりなんです。まさか、今からシュンヤを……?」

抱くつもりか、という言葉を飲み込んだダヤラムは、秘儀の効果から逃れ、本来の品位を取り戻しているのだろうか。

しかし、ラジーブは秘儀の効果があろうがなかろうが、元々自分の欲望のままに生きている男だ。制止するダヤラムを無視して、俊也の寝ている寝室に向かってしまう。

ダヤラムが舌打ちして、ソファから立ち上がった。

マハヴィルも眉をひそめて、ラジーブを追う。

「シュンヤはきちんと休んだのか?」

ラジーブのあとを追いながら訊いてくるマハヴィルに、ダヤラムは小さく首を振った。

「休んだと言えば休んだとも言えますが……寝室に閉じこもったまま、食事にも手をつけてくれません。せめて、中で眠ってくれているといいのですが」

「そうか……」

マハヴィルの顔が心配そうに曇る。

だが、ラジーブはそんな二人の危惧を歯牙《しが》にもかけない。

「おまえが不在の夜、わたしたちは例の夢を見なかった。つまり、これであの忌々しい儀式とはきっぱり離れられたということだ。俊也も喜んでいるだろう」

そう嘯くと、さっさと寝室のドアを開け、中に侵入する。

「シュンヤ、起きているか」

寝台の上で、小柄な人影が起き上がった。憔悴《しょうすい》した顔の俊也だった。

マハヴィルが切なげに俊也を見つめる。

そんなマハヴィルを、ダヤラムが心配そうに横目で見やった。三人の中でもっとも真剣に、俊也を愛しているのはマハヴィルだった。

それと比べると、ダヤラムやラジーブのそれは、はるかに肉欲のほうが勝っていた。

だが、自分も俊也を求めている。ダヤラムは小さく拳を握る。

それぞれが、それぞれの理由で、俊也を欲しがっていた。

ラジーブの言うとおり、彼らは夢を見なかった。教団からの解放が確認された今、次に重要なのは俊也の処遇だった。

ラジーブはもう、起き上がった俊也のすぐ隣に腰を下ろしている。顎に軽く指をかけ、顔色を検分していた。

「ふん……まだ青褪めているな。用意した食事を摂らないからだ。馬鹿な奴め」

そんな心ない言い方に、俊也の唇が不満そうに尖る。

ダヤラムの横を、マハヴィルが通り過ぎた。ラジーブとは反対側の端に同じように腰掛けると、俊也を自分のほうに引き寄せる。

「あんな体験をしたんだ。そう簡単にケロリとなるわけがないだろう。――可哀想に、シュンヤ」

抱きしめるマハヴィルに、俊也がギュッとしがみつく。

それにラジーブが、不快そうに鼻を鳴らした。

「そうやって、シュンヤの心を我が物にするつもりか、マハヴィル」

「そんなつもりじゃない！　あなたはこんなシュンヤを見て、可哀想に思わないのか？　今は、シュンヤのショックをやわらげるほうが先だろう」

マハヴィルが反論する。

まったく同意する気がない様子で、ラジーブがベッドから立ち上がる。マハヴィル側に抱き寄せられた俊也のそばに歩み寄り、髪を引っ張る。

「あっ……」

「やめろ、ラジーブ！　これだけ言ってもわからないのか？　シュンヤの気持ちを考えろ！」

教団で出会った頃の気弱そうな様子は芝居だったのか、マハヴィルはきっぱりとした口調でラジーブを止めようとする。

口論が始まりそうになった二人に、ダヤラムがため息をついた。

「やめて下さい、二人とも。喧嘩をしている場合ではないでしょう」

そうして、ラジーブの挑発を止めるため、マハヴィルに俊也を離すよう、促す。

「シュンヤ、一人でも起きていられますね？」

ベッドに座り込む俊也にそう確認し、ダヤラムは寝室の壁際に置いてある椅子を持ってきて、彼らの前に座った。

俊也の左隣にはマハヴィル、右隣にはラジーブが陣取っている。

ラジーブが傲慢に肩を竦める。

「後始末が済んだのなら、早々に始めるのがいいだろう。誰が、シュンヤの主人になるか――」

その放言に、俊也がビクリと肩を揺らす。驚いた眼差しで、ラジーブを見上げてきた。まったく想定していない発言らしかった。

「オレの……主人って……。オレ……日本に帰れるんじゃ……」

青褪めていた顔が、さらに白くなる。

事が終わって俊也が、帰国できると期待するのは当然だった。

そんな俊也を、ダヤラムとマハヴィルが同情的に見遣る。だが、彼らの目の奥にも、俊也を帰さないという決意がほの見えていた。

マハヴィルが、ラジーブを凝視する俊也の左手を握った。

「シュンヤ、君は一人で帰国するつもりなのか……？」

やさしく問いかける声に、俊也が泣きそうな顔で振り向く。

ダヤラムは椅子から立ち上がり、俊也の前にひざまずく。

「わたしも、君には帰ってほしくありません」

見上げてくるダヤラムに、俊也は困惑の顔を向ける。

彼にとってはなにもかもが、想像外の事態らしい。口を開いてなにか言おうとし、しかし、なにを言っていいかわからない様子で閉じ、首を横に振る。否定というより、困惑の動作だった。

ラジーブがそんな俊也の顎を、我がもの顔で取る。

「嬉しいだろう？　秘儀の戒めが解けても、わたしたちはまだ、おまえが欲しい。——どうだ、誰を選ぶ」

「選ぶって……オレは……」

俊也が困惑の呟きを洩らす。

気の毒に思いながらも、マハヴィルも俊也の手を放さない。

ダヤラムは俊也の膝に縋るように触れた。

選べ、と三人の男が俊也に迫る。

俊也がイヤイヤと首を振った。けれど、誰一人、彼を自由にしようとしない。

張りつめた空気を破ったのは、ラジーブだった。

「おまえの頭が決められないというのなら、身体に訊いてみればいい」

そう言うと、ダヤラム、マハヴィルから強引に俊也を引き剝がし、ボタンが飛ぶのもかまわず夜着の前を開く。

「……ひっ！」

あまりの乱暴に、俊也が引き攣った悲鳴を上げる。

「なにをする、ラジーブ！」

怒鳴ったマハヴィルに、ラジーブはニヤリと唇の端を上げる。

「わたしは、おまえたちとシュンヤを共有するつもりはない。今、決められないと言うのなら、身体に答えさせるまでだ。——二人だけの夜を、あれだけ悦んだだろう、シュンヤ」

「二人だけの夜……？」

ダヤラムが目を見開く。

マハヴィルが渋い顔になる。

ほとんど同時に、二人の口が開いた。一人は驚いた様子で、一人はため息交じりに。

「違います！　シュンヤが受け入れたのはわたしです！」

「シュンヤはおまえとだけ夜を過ごしたわけじゃない、ラジーブ」

二人の言葉に、ラジーブが軽く片眉を上げる。それから、俊也を見下ろした。

「——マハヴィルの言葉はどういう意味だ、シュンヤ」

上半身をはだけられた俊也は震えている。

ダヤラムも、震えている俊也を見つめていた。

ラジーブが妙に穏やかな口調で、問いかけた。

「おまえ……わたしたちそれぞれと、楽しんでいたのか？」

「わたしだけではなかったのですか、シュンヤ」

ダヤラムが呆然と、俊也に訊く。

事情を知らされているマハヴィルだけは渋い顔だ。

「そ……れ、は……」

俊也の唇が震える。怯えたように、俊也がラジーブ、ダヤラム、マハヴィルと、三人をおどおどと見回した。それまで眠っていた胸の粒が、急にツンと尖りだす。

それを見つめて、ダヤラムが言った。

「全員に、その身体を好きに嬲らせたのですね」

「オ……レは……あの……」

マハヴィルの腕が、庇うように俊也の腰に絡みつく。

「シュンヤを困らせるな。仕方がないだろう。あの時のシュンヤは拒めるような状態ではなかったのだから」

「マハヴィル…………」

「……気に入らないな。おまえだけにシュンヤは助けを求めたのか」

ラジーブが不機嫌そうにマハヴィルを睨む。

一方、ダヤラムの指摘は俊也の心を突き刺す。

「それなのに、あなたはここでマハヴィルを選ばないのですね。わたしたちの誰にするか、迷っている」

マハヴィルがグッと奥歯を噛み締めた。さっきまで俊也を庇ったその腕が、痛いほどきつくなる。

「……シュンヤ、いったい誰を選ぶ」

「あの日々同様、今も我らを拒めぬのか？」

「わたしのことも、嫌いではないのでしょう？」

三人の男が、それぞれの口調で俊也に問いかける。俊也はやはり答えられない。

と、まるで打ち合わせでもしたかのように、ラジーブが俊也の上半身を持ち上げる。腰が上がると、マハヴィルがそこから夜着のズボンを引き下ろした。下着と一緒に。

ダヤラムは立ち上がり、ベッドに上がる。

下肢から着衣を剝ぎ取ったマハヴィルは、再びベッドに座らされた俊也から前だけはだけられた上衣も剝ぎ取った。

全裸になると、ラジーブが俊也を押し倒す。

驚愕に目を見開いた俊也の足を、ダヤラムが開いた。

「——三人ともに受け入れたのでしたら、仕方がありませんね」

「いったいどの男がもっとも気に入っているのか、身体に訊いてやろう」

とラジーブが。

最後にマハヴィルが、切なげに俊也を見下ろし、言った。

「必ず俺を選ばせる、シュンヤ」

血走った男たちの眼差しに、俊也が怯えて首を振る。

「いやだ……やめて……」

けれど、男たちを止めるものは誰もいない。

白い裸身に、彼らは一斉に群がった。


ラジーブが右の胸に、マハヴィルが左の胸に唇を落とす。

ダヤラムが咥えたのは、花芯だ。

「やぁぁ……っ」

俊也は悲鳴を上げた。もう終わったと思ったのに、彼らの心は少しも変化していなかった。

これは、迷った自分の報いか。

俊也は三人に拘束されながら、涙した。

だって、選べるわけがない。三人とも、元のなんの取り柄のない俊也であれば、こんなふうに執着どころか、目にも留めないとわかっているのに、どうして、彼らの手を取れるだろう。

さらに、自分の心も、俊也にはわからなかった。

支配する男。

取り縋る男。

愛してくれる男。

三人三様に、俊也を惹きつけて離さない。これも、あの秘儀のせいなのか。

俊也にはもう、なにもかもがわからない。

「あ……ん、っ」

右の乳首を痛いほどに吸われて、背筋が仰け反る。

反応すると、ダヤラムが負けじと、唇に含んだ俊也の性器を引き絞るように愛撫する。熱い舌と唇に包まれて扱かれる心地よさは、たまらない。

けれど、一方でやさしく乳首を舐めては吸ってくれるマハヴィルの愛し方も、俊也を蕩かせる。

大切にされることの心地よさ。

喘ぎ声がひっきりなしに口をついて出た。

「ひどくされるのが好きだろう、シュンヤ。身体がピクピクしている」

ラジーブが嬲れば、それに反論してマハヴィルが言う。

「違う。シュンヤは俺にやさしく愛撫されるのが気持ちいいんだ」

もちろん、ダヤラムも黙っていない。俊也自身を咥えながら、

「いいえ、わたしに性器を愛されるのがもっとも感じているに決まっているではありませんか」

と主張してくる。

「しゃべら……ないでぇ……あぁ、んっ」

花芯を咥えながら話されると、その振動がいっそう、俊也の性器を切なく刺激する。

すると、悔しいのかマハヴィルが、乳首の愛撫を唇から指に変えて、身を起こす。

「ん……っ」

キスを奪われた。すぐに舌を差し入れられ、口内をたっぷり舐められる。

——ぁ……ジンジンする……。

舐めてくる熱い舌から、吸われる唇から、頭に霞《かすみ》がかかっていく。

ダメだ、抵抗しなくては。

そう思うのに、触れられることで身体は、あっという間に燃え上がっていった。

——なんで……。

もう自分は神子ではないのに。

「…………んんっ」

ラジーブが乱暴に、俊也の右足をむごく押し上げる。尻が浮き上がると、後孔に指を這わせてきた。

乳首にキスを繰り返しながら、ラジーブの指が俊也の蕾をゆっくりと撫でる。

「んっ……んぅ、っ……」

マハヴィルのキスに唇を塞がれながら、俊也は拒絶の声を上げた。

――そこはいや……ダメ……おかしく……なる……。

クスリ、とラジーブが笑う気配がした。

「濡れているぞ。そんなにわたしたちが欲しかったのか?」

指摘に、ダヤラムが性器から顔を上げる。驚いたように声を上げた。

「……本当です。潤んで、ラジーブの指を咥えようとしている」

「………あぅっ!」

マハヴィルの唇が離れて、俊也は声を上げた。ラジーブが無造作に、後孔に指先を挿れてきたからだ。

乾いた指に後孔は引き攣れるはずなのに、滑らかに俊也のそこは受け入れてしまう。

それも、クチュリ、という粘着音つきで。

「誰のモノが欲しいんだ、シュンヤ……」

どこか呆然とした口調で、マハヴィルが訊いてきた。

しかし、俊也に答えられるわけがない。ただ身体が熱くて、蕾だけでなく全身がしっとりと濡れてきていた。

「なんで……なんでこんな……あ、ぅ……んんっ」

淫らな粘着音を上げながら、ラジーブの指がすべて、蕾の中に挿入される。

それらを、ダヤラムもマハヴィルも凝視していた。

中まで挿れると、ラジーブは今度はゆっくりとそれを前後に動かしだす。中の襞を伸ばすように抉り、押して刺激しながら引き出すことを繰り返す。

「や……やめて……あ、あぁ……や、だ……これ……んっ」

「マハヴィルが訊いているだろう？　誰のモノが欲しい、シュンヤ」

楽しげに含み笑いながら、ラジーブが答えを急かす。

俊也は何度も首を横に振った。そんなことを訊かれても、答えられない。

身体が熱くて、熱くて…………もっと欲しい。

「あぁ……んっ！」

何度目かの突き入れで、俊也は背筋を仰け反らせた。

「すっかり気持ちよくなっているな。これは、わたしに挿れてほしいということだろう」

そうラジーブが嘯く。

違う。そんなことは望んでいない。

俊也はそう言おうとするが、口を開けば出てくるのは喘ぎ声だ。

「あ、あ、あ……やめ、てぇ……」

「一人では物足りないそうですよ。わたしも、指を挿れてやりましょう」

ダヤラムの低い言葉に、俊也は小さく息を呑む。

大きく目を見開いたが、ダヤラムはやめてくれない。俊也の左足を、右足と同じくらいむごく押し上げると、ラジーブの指の隙間から強引に自分の指を挿入してきた。

「おい……」

ラジーブが文句を言うが、ダヤラムは無視だ。指一本分だけ開いていた孔《あな》が、二倍に開かれる。

「やぁぁ……ぁん、っ」

「気持ちいいでしょう、シュンヤ。中がヒクヒクしていますよ」

「違う。わたしの指を気に入っているのだ。ほら、こうすると……気持ちいいだろう、シュンヤ」

「……ひっ」

長い指の先が、ギリギリに届いた感じるしこりの部分をグリグリと押す。

俊也の身体が跳ね上がった。だが、両足を二人に押さえられて、逃げられない。

「そこっ、やぁぁ……っ！」

性器がクンと反り返り、蜜が飛び出しかける。

けれど、解放は与えられなかった。

根元を握ったのは、ダヤラムでもラジーブでもない。マハヴィルだった。

「ぁ……なん、で……んん」

どうして、そんなひどいことをするのだ。

涙目で、俊也は性器の根元を押さえるマハヴィルを見つめた。

マハヴィルの表情は昏《くら》い。底知れぬ沼のような色を湛《たた》えた眼差しが、俊也を見返した。

ゾクリとする。マハヴィルの変化に。

それなのに、同時に俊也の身体は甘く蕩けた。

いったい、自分の身体はどうなっているのだ。

涙が、俊也の眦《まなじり》から零れ落ちた。それをじっと見下ろしながら、マハヴィルが囁く。

「好きなんだな……こうされるのが好きなんだな、シュンヤ」

「ちが……あぁ、っ」

否定したとたんに、マハヴィルが俊也の乳首を弾く。性器を縛めたまま、マハヴィルは乳首を弄りだす。抓んで、時折ひどく引っ張った。

「やめ……やめて……ぁ、ん……んん」

どんどん身体の熱が上がる。後孔に指を挿れているダヤラムとラジーブも、自分たちこそが俊也から婀娜《あだ》な声を搾り取ろうと、競うように弱い部分を苛める。

身体が溶ける。どうかなってしまう。

いつしか、三人からの愛撫に俊也の身体はピクン、ピクンと跳ねるように反応していた。

喘ぎながら揺れる身体に、男たちが眩《まぶ》しそうに目を細める。

「淫らだな……」

とラジーブが言えば、ダヤラムも「ええ」と頷く。

マハヴィルの目は熱かった。その口が、主導権を取るように開く。

「——誰からいく」

「積極的だな、マハヴィル」

ラジーブがクックッと笑う。

それを一瞥し、マハヴィルが熱い眼差しとは対照的に、淡々と続けた。

「シュンヤは選べない。彼の肉体が、俺たちみんなを求めている」

その言葉に、ラジーブの片眉が上がった。面白くなさそうに、唇が歪む。

「選べない？　まさか。秘儀の影響なしで抱かれれば、一番シュンヤを感じさせるのは、わたしだ」

「いいえ、シュンヤはわたしにも淫らな姿を見せてくれましたよ」

ラジーブの自信満々な主張に、ダヤラムが反論する。

マハヴィルも指摘した。

「シュンヤが頼ってきたのは、俺だ。縋りついて可愛い声を上げ、恥ずかしそうに乱れたよ」

ラジーブの顔がムッと変わる。二人を睨み、ついで、目を閉じて喘いでいる俊也を見下ろした。

「…………雌犬《ビッチ》が」

だが、その言葉を吐き出した瞬間、マハヴィルに胸倉を摑まれる。

「シュンヤをなじるな！　彼は好きで、こんなことになったんじゃない」

怒りの言葉を叩きつけたマハヴィルに、ラジーブが鼻白む。一瞬、悔しげな色が眼差しに滲んだ。

だが、謝罪する習慣はラジーブにはないのだろう。ふいと顔を背け、別の言葉を吐き捨てる。

「……四百九十六年に一度の神子だ。シュンヤはおそらく、前回の巫女より神を引き寄せる親和性が高い」

「それはつまり、シュンヤが今になってもこれほどまでに淫らなことの、あなたなりの説明ですか？」

ダヤラムが問いかける。

だが、そんな会話のほとんどが、俊也の耳には入らなかった。そんなことよりも、もっと身体を弄ってほしい。

いや、望んではダメだ。もう秘儀は終わった。自分は神子ではない。元の自分に戻って、日本に帰るのだ。

しかし、焦れた俊也の腰がねだるように揺れ始める。

「いや……いやだ……こんな……んっ」

否定の言葉を口走りながらのおねだりに、男たちが目を見開く。それはかつてなく淫らで、魅惑的な光景だった。

コクリ、とダヤラムが唾を飲む音が聞こえた。

「どうやら……先にシュンヤを悦ばせるべきですね。どなたからにしますか?」

ダヤラムの問いかけに、ラジーブが唇を引き結ぶ。自分が、と主張したいところをグッとこらえているような表情だった。

チラリ、とダヤラムがマハヴィルを見やる。

「あなたから……にしますか、マハヴィル。わたしもシュンヤを愛しく思っていますが、あなたのほうがもっと彼を愛している。グルの影響のない最初のセックスは、やはりシュンヤを愛している者からのほうがいい」

霞がかかる俊也の耳に、ダヤラムのその説明が聞こえてくる。

とたんに、身体が蕩けた。

指を挿入しているせいでそれを察知したラジーブが、不機嫌そうに眉をひそめる。

しかし、ダヤラムに異を唱える気はないようだった。名残を惜しむようにゆっくりと、俊也の襞を指先で撫でながら、引き抜く。

続いて、ダヤラムも挿入した指を引き出した。

それを見下ろしながら、マハヴィルが白の上衣とズボンを脱いでいった。

俊也と同じ全裸になると、二人に代わって俊也の足の間に膝をつく。

縛めの外れた俊也の花芯は、トロトロとした蜜を滴らせている。けれど、まだ達していない。

荒く息をついて、俊也は広げられるままに、恥ずかしい下肢をマハヴィルに晒した。やさしい指がそっと、塞ぐモノを求めてひくついている蕾を撫でる。

「ぁ……ん」

気持ちよかった。もっと撫でて、グズグズにしてほしかった。

濡れた眼差しで、俊也は後孔を撫でているマハヴィルを見つめた。

「して……マハヴィル……」

淫らな誘いが勝手に口をついて出る。

マハヴィルが大きく息を吸った。狂気のような充溢が、その下腹部で隆起しているのが見えた。

フッと、マハヴィルが微笑んだ。俊也の淫らさを許すような微笑みだった。

指が離れ、濡れそぼった蕾に自身の砲身を押し当ててくれる。

やっと……。

俊也はうっとりと、マハヴィルを見つめた。

大きく足を押し上げられ、マハヴィルが伸しかかってくる。そして。

「——シュンヤ、愛している」

誓うような囁きのあと、マハヴィルの雄が俊也の肉襞を開いていった。

「あ……あ……あぁぁ……あぁぁぁぁぁ、んっ！」

高い嬌声を上げて、俊也は待ち望んでいた欲望に身体を開いていく。

全身の細胞が、ゾワリと粟立《あわだ》つのを感じた。

溶ける。溶けて、なにかが身体から溢れ出す。

蜂蜜のようなトロリとした光。

甘い霧のような幕が、俊也のすべてを満たし、ドミノ倒しのように反応して次々に肉体を変えていく。

「あぁぁぁぁぁぁぁぁぁぁぁぁぁ――……っっ!!」

絶叫が、俊也から迸った。

目を見開き、全身が硬直する。

俊也の反応に、男たちが慌てる。マハヴィルは急いで、俊也から肉棒を引き抜こうとしてきた。

しかし、俊也の花襞がしっかりとマハヴィルを咥えて、離さない。それどころか、自ら奥に引き込もうと蠢いた。

「どうしたんだ、シュンヤ……！」

焦るマハヴィルがおかしい。クスクスと、俊也は笑い出した。

身体が溶ける。溶けて、溶けて、細胞と入り交じっていたなにかが解き放たれた。

温かい。

気持ちがいい。

全能の力が、俊也の全身を満たした。

けれど、その力を堪能《たんのう》するためには、繋がる相手は一人では足りない。

力を共有した相手は、三人だった。マハヴィル、ダヤラム、ラジーブの三人でなくては、俊也は満足できない。

四百九十六年に一人の神子――。

俊也は特別な神子だった。たとえ半端な秘儀であっても、二十八年に一人存在する完全体たちをはるかにしのぐ『なにか』を身の内に残していた。

それが、細胞の隅々まで行き渡り、俊也を二度と以前の俊也には戻れなくしていく。快楽が――原始の神が好む悦楽が、俊也を特別な存在に変えていく。

「ラジーブ……舐めさせて……」

俊也は誘うように唇を舐める。

ゴクリ、とラジーブの喉が鳴った。

今度は顔を反対側に傾けて、ダヤラムに求める。

「ね、ダヤラム……舐めて……」

ダヤラムの呼吸が荒くなる。

最後は、愛しいマハヴィルだった。最初の精をマハヴィルに選んだダヤラムは、慧眼《けいがん》だった。

自分が変化して、この身の内に注がれる最初の精は、やはり多少でも心が傾いた男でなくては。

なにより俊也を愛してくれる男でなくては。

「マハヴィル……もっと奥まで、愛して……」

「シュンヤ……」

その変貌を、マハヴィルは誰よりも敏感に感じ取るだろう。

だが、もう逃げられない。俊也がグルの引き寄せた古代神の力の残滓から逃れられないように、
マハヴィルも去ることは不可能だった。

いや、マハヴィルだけではない。至上の肉欲だけで俊也に執着したラジーブも、俊也の身体に溺《おぼ》れたダヤラムも、どちらももう逃げられない。

慌ただしくスーツを脱ぎ捨てたラジーブが、俊也の口に自身の剛直を差し出してくる。

それを、俊也は愛しげに咥えた。

「ん……美味しい……」

「シュンヤ……くっ」

絡みつく舌にペニスを甘く吸われて、ラジーブが低く呻く。

反対側ではダヤラムが、同じようにスーツを脱ぎ捨て、全裸になって俊也の下肢にしゃぶりついてきた。

「あぁ……シュンヤ……シュンヤ……なんて芳しい……」

「んっ……んんっ」

ラジーブの雄に奉仕しながら、俊也は喘いだ。気持ちがいい。どこもかしこも、口の中でさえ気持ちよかった。

「シュンヤ……」

絶望的な、マハヴィルの呻きが耳朶《じだ》を打つ。心の底から淫らな生き物に変貌した俊也に、マハヴィルはどれだけ絶望しているだろう。

だが、俊也の淫らさは、マハヴィルをも感じさせているはずだった。

――だって、可哀想な人が好きでしょう、マハヴィル。

自分の仕事のために犠牲にした俊也に、マハヴィルは罪悪感を覚えている。その罪悪感が、マハヴィルをさらに欲情させるのだ。

「……………んぅ、っっ！」

強く突き上げられ、俊也は呻いた。マハヴィルが動いてくれた。乱暴なほどの抽挿が始まる。

「んっ……んっ……んっ……ん、ふ」

「早くしろ、マハヴィル。次はわたしの番だ！」

ラジーブがなんとか俊也の口でイくまいとこらえながら、マハヴィルを急かす。

ダヤラムは一心に、俊也の性器に奉仕を続けている。ジュブジュブと唇で扱かれて、俊也の腰が震えた。

「んっ……んぅう、っ！」

ビクンと下肢が跳ね、俊也はダヤラムの口に蜜を迸らせる。

「くっ……すごい、っ」

マハヴィルの呻きが、俊也の耳朶から全身に広がり、陶然となる。

――イッて……オレの中に、出して……。

一際強く、俊也は突き上げられた。ドクリ、とマハヴィルの雄が膨れ、爆発する。

「んん……んんぅ――……っ！」

中に放たれ、俊也は吐精を伴わない絶頂に全身をひくつかせた。

ズルリ、と口中からラジーブが雄を引き抜く。

物足りなさに喘いだ口だが、すぐに今度はダヤラムの雄に塞がれる。

「わたしのモノも舐めて下さい、シュンヤ……」

もちろん、俊也に否はなかった。うっとりと、昂ぶりきった男根に舌を絡ませる。苦みのある精液が、たまらなく美味しかった。

その下肢では、荒く息をついたマハヴィルが充分中を堪能してから、怒張を引き抜いていた。

こちらもすぐに、ラジーブの雄蕊《ゆうずい》で塞がれる。

「…………んぅ、っ！」

強引さがたまらない。

最初に中に放ったマハヴィルは、今度は胸に吸いついてきた。乳首を舌で転がしながら、手は花芯に触れる。

「シュンヤ……好きなだけ、気持ちよくなれ……」

三人によって、俊也は最高の悦楽を手に入れる。

代わりに、この身体に満ちた神の力の残滓は、彼らに前の巫女が与えた以上の幸運を与えるはずだ。

愛しいという感情が、俊也の中から満ち溢れていく。マハヴィルを、ダヤラムを、ラジーブを、俊也はそれぞれに違う種類の愛情で、愛した。

快楽に霞む意識の中で、故国が遠く離れていく。急に日本から消えた自分を、家族はきっと心配しているだろう。

友人たちも、気にかけてくれているだろう。

だが、自分はもう日本には戻れない。変貌した自分は、ありとあらゆる種類の男たちを引き寄せるだろう。友人はもちろんのこと、家族だって例外ではないかもしれない。

なにより、自分はもう男なしではいられない生き物になってしまった。

こんな自分が戻れば、皆を不幸にしてしまう。

——ごめんね、みんな。

三人の手で喘ぎながら、俊也は心の片隅で日本の家族に謝る。

この身はもう、異端の神の力を受けた器と化していた。

艶《あで》やかに、俊也は微笑んだ。

「出して、口に……」

ダヤラムがうっとりと頷く。

蕾は、ラジーブの精力を引き絞るように蠢いた。

そして、マハヴィルに触れられている乳首や性器は、そのやさしい愛撫に嬉しげに震え、甘く熟れる。

絡み合う身体は、いつまでも互いを貪り合っていた。

§終章

十年後――。

パリ、シャルル・ド・ゴール空港に停まった専用機に、一人の青年が乗ってきた。インドのパスポートを持った青年だったが、容姿はおよそインド人らしくない。

柔らかな白い肌、濡れたようにしっとりとした黒髪、うかつに目にしたら魅入《みい》られてしまいそうな黒い瞳。

さらに、顔立ち自体は凡庸であるのに、不可思議な磁力のようなものがあり、見る者の蠱惑した。

そのせいで、誰も彼に、どういう事情でインド国籍なのか問う者はいない。誰もが、彼という存在に幻惑されてしまうのだ。

だが、彼を本当に悦ばせるのは、この世で三人の男だけだった。

機内に入った彼を、その三人が取り囲む。

「パリは楽しかったか、シュンヤ」

「連絡をもらって嬉しくて、ここまで来てしまいました」

「早く、おまえが欲しい。焦らされて、飢えてるんだよ、俺たちは」

それらの手を、俊也と呼ばれた彼は、軽くいなす。

「焦らないでよ。離陸してから、好きなだけ食べさせてあげるから」

クスリと微笑んだ顔は、彼らの情欲をさらに煽る淫蕩《いんとう》さに満ちていた。

俊也以外には怜悧《れいり》な顔を見せる一人が、熱いため息をつく。

その彼に、俊也は微笑む。

「ダヤラム、いい子だね。あなたが一番聞きわけがよくて、好きだよ」

そう言うと、別の一人がムッとした顔になる。彼は、俊也以外の者には傲慢で知られた男だった。

その男の頬を撫でて、俊也は微笑む。

「ラジーブ、そんなに自分が一番になりたいの？　あなたの男が一番オレの身体の深みを暴くのに」

その言葉に、ラジーブと呼ばれた男が得意げな顔になる。

残った不満そうな男のことも、俊也はもちろん忘れない。一人残らず、俊也には大切な雄たちだった。

「マハヴィル、拗《す》ねないで。あなたがいるから、オレは寂しくないんだよ。オレを一番愛してくれる人――」

微笑んで、俊也はマハヴィルと呼んだ男の内腿を、ソロリと撫でた。もの欲しげに、ペロリと唇を舐めてやる。

とたんに、マハヴィルの呼吸が荒くなる。

そこでさっと、俊也は三人から離れた。

「さあ、急いで。早く離陸できればそれだけ、オレと遊べる時間が早く来るよ、ね」

そう言って、俊也はさっさと席に着く。

男たちも続けて、座席に座った。

じきに、手配が整ったのか、飛行機が動き出す。

この専用機は、ラジーブ所有のものだった。ラジーブは資産を増やすことに独特の臭覚を発揮していて、シュリーヴァースタヴ家の財産を倍増させていた。

一方、ダヤラムは父親を説得して、自身が政治家となる道から逸れることを納得させ、代わりに意志の弱い弟を傀儡《かいらい》にして政治家とし、裏から政界に強い支配力を築いていた。

さらに、パテール財閥の御曹司であったマハヴィルは、今では父のあとを見事に継ぎ、さらにグループを発展させている。

それぞれに、十年前よりずっと強力な男たちに成長していた。

その支援を、俊也がしているわけではない。俊也の力はそういうふうに働くわけではない。

ただ、彼らと最高の悦楽をともにするだけだ。そうすることで、自らの身体に残った神の力の残滓を発動させ、彼らに幸運を引き寄せる。

彼らの幸運は、俊也の幸運でもあった。彼らが富めば富むほど、力を持てば持つほど、俊也も生きやすくなる。

特に、十年経ってもほとんど容貌が変化しないとあっては。

現在の俊也はインド国籍となり、公的にはサティヤ・シュン・シャンカルと名乗っていた。

もはや、日本での自分は遠く過去の彼方に霞んでいる。急に行方不明になった息子を、家族がどれだけ心配していようと、俊也にはあまりに遠い。

三十歳を越えたはずなのに、俊也はいまだに瑞々《みずみず》しく、誰の目にも魅力的だった。この身体を、この十年でどれだけの男たちが抱いてきただろう。

興が乗れば、俊也は誰にでも、この淫らな肢体を味わわせてやった。それで贈られたものも多い。

ある男は数十着ものスーツや普段着と装飾品を贈り、また別の男は邸宅を、あるいは車を、あるいはヨットを、あるいはもっとダイレクトに金を、株券を、金塊を、宝石を、俊也に贈った。

それだけで、俊也はすでにひと財産築くほどだ。

だが、彼らとの交情は、どこまでいっても遊びだ。気まぐれのお楽しみにすぎない。

俊也の本当の悦びは、ラジーブ、ダヤラム、マハヴィルの三人にしか与えられない。

飛行機が離陸し、安定飛行に入るとすぐに、男たちが俊也の席に集ってくる。

「シュンヤ……」

「……ん」

ラジーブがキスをし、ダヤラムがシャツのボタンを外していく。

下肢からスラックスと靴を脱がしているのは、マハヴィルだ。

全裸になると、ぎらついた目が俊也を熱くさせた。

俊也は座席に乗って、彼らに尻を向ける体勢になる。そうして、自ら後孔の入り口を指で開いた。

十年の間に、俊也の身体はどんどん抱かれるための身体に変化していて、今では後孔などは完全な蜜壺と化していた。

しかも今は、中に特別な仕掛けをしていたから、なおさらだった。

尻を指で開きながら、俊也は三人を振り返る。淫らに後孔を指で犯しているのを凝視する三人に、俊也は嫣然《えんぜん》と微笑んだ。

「――ねえ、パリで知り合った男に大きなルビーのネックレスをもらったんだ。出して、どれくらいの値打ちか見てみて?」

誘う言葉に、三人の喉がゴクリと鳴る。

「早く……」

濡れた囁きで、俊也は興奮を滲ませた男たちをいやらしく誘った。

嫉妬と欲情に駆られた彼らが、最高に俊也を昂ぶらせる。

たまらない。

背後で、男たちが屈む。ダヤラムとマハヴィルがそれぞれ左右に秘孔を開き、ラジーブが指を挿入してくる。

「あ……あぁ……」

「淫らな神子め。中を探られるのが、そんなにいいか」

ラジーブの言葉攻めに、俊也は甘く声を上げる。傲慢なラジーブは、俊也が別の男を咥え込むことが許せなくて、遊んだあとにはいつもこうして苛める。

一方、ダヤラムはやさしい。

「仕方ありませんよ。それがシュンヤなのですから。ですが……物足りなかったようですね。中がヒクヒクして、赤く熟れている。あぁ、ダイヤがひとつ……」

「ぁ、ん……んぅ、ふ」

ネックレスにはダイヤが連なっていて、それがまず俊也の熟れた花襞を擦りながら抜けていく。

ゾクリ、と俊也が背筋を震わせると、最後の男マハヴィルが熱く囁いた。

「ネックレスなんかより、早く俺を挿れてやりたいな。欲しいだろう、シュンヤ」

情熱的な囁きもまた、俊也を昂ぶらせる。

「だが、まずはネックレスを出すところからだ」

ラジーブの冷淡と言ってよい口調が、俊也を別の意味でゾクゾクさせる。

三人の男、三人の雄――。

目眩のするような愉悦の中、身体からもっとも大きな部分――ルビーが、引きずり出される。

「あ……あぁっ」

ヒクンと閉じようとする襞の動きを、左右から入り口を開いているダヤラムとマハヴィルの指が押しとどめる。閉じたいのに無理矢理開かされる動きに、俊也は腰を揺らして喘いだ。

性器はとっくに実り出している。

「なかなかの大きさですね」

その背後で、俊也の内襞に指を挿れたまま、ダヤラムが宝石を鑑定している。

見る目があるのは、ダヤラムだけではない。専門の資格を持たなくても、富貴に囲まれて育ったラジーブにはたやすいことであったし、マハヴィルだってなにもわからないわけではない。

「これだけ大粒のピジョンブラッドを贈るなんて、またたいした男を誑《たぶら》かしたもんだな、シュンヤ」

マハヴィルが苦笑すると、ラジーブが当然と胸を反らす。

「シュンヤに贈る宝石なら、この程度は当然だ。ふん、まあまあだな」

そんな会話を交わしながら、三人は目を見交わす。誰が一番に挿れるか、牽制《けんせい》し合っているのだろう。

俊也は「あぁ……」と呻いた。

ラジーブの雄はその逞しさで、ダヤラムの雄はその繊細な動きで、マハヴィルの雄は奥まで届いて、それぞれに俊也を悦ばせる。

濡れた眼差しで、俊也は男たちを振り返った。

「早く……」

その言葉に即座に応じたのは、ラジーブだった。前を寛げ、二人の男をどかす。

先を取られた二人はため息をついてどき、ラジーブに場所を譲る。

「悪いな」

そう言って、ラジーブは味わうようにじっくりと、俊也の中にその逞しい雄芯を挿入していった。

「あ……あぁ……いぃ……」

「もっとよくしてやる」

耳朶に囁かれ、背後から身体を抱き上げられる。繋がったまま、俊也は席をラジーブに取られる。

腰を下ろしたラジーブの上に乗せられて、俊也は甘い吐息を洩らした。

「深……い……ん、あぁ」

自重で限界までラジーブを呑み込まされ、俊也は濡れそぼった喘ぎを上げる。

その上、ラジーブが俊也の足を大きく開かせたから、よけいに身体が熱くなった。

雄を咥え込んだ自分の恥ずかしい姿を、ダヤラムとマハヴィルに見られている。そう感じるだけで、ラジーブを呑み込んだ花襞がヒクヒクと痙攣《けいれん》した。

ダヤラムがゴクリと喉を鳴らす。膝をついた彼が、桜色に反り返る俊也の花芯を咥え込んだ。

「あ、んっ……！」

俊也は感じきった声を上げる。

しかし、その声が続けて機内に響き続けることはない。なぜなら、マハヴィルが俊也の頭を押し下げ、自身の充溢を咥えさせてきたからだ。

最初の頃は俊也の口を犯すのにも遠慮がちだったのに、十年経った今は悦んで、マハヴィルも俊也の口を犯してくれる。それを俊也が悦ぶと知っているからだ。

「んっ……んぅ……っ」

ムッとするほどの雄の匂いが、俊也の鼻をつく。それは、うっとりするような淫靡な香りだった。

夢中になって、俊也はマハヴィルの雄芯をしゃぶる。

「……んんぅ、っ！」

俊也を抱いて、背後から中を穿っているラジーブが、胸に手を回してきた。中をやんわりと抉りながら、乳首を抓まれる。

下腹部にはダヤラムの唇。

俊也の意識があっという間に霞みだす。

よくて……よくて……もうそのことしか考えられない。

だが、それは俊也だけではない。それぞれに俊也を貪る三人も、甘く熟れた身体に夢中だ。

淫らな狂宴の始まったここに、使用人は誰も近づかない。彼らにとって俊也は魔性で、けれど、主人の最愛の生き物だった。

「ん……んぅ……ん、っ」

「あぁ……シュンヤ……」

陶然としたダヤラムの囁き。

「最高だ……愛している、シュンヤ」

俊也を喜ばせる愛の言葉を口にしてくれるのはマハヴィルだ。

そして、ラジーブが俊也を貪る。

「インドまで……寝かせないぞ」

「ん……ん、ふ」

マハヴィルを咥えながら、俊也は何度も頷いた。寝なくていい。彼らをこの身体の深くで感じられるなら。

淫猥な交わりはいつまでも続く。果てがないほどに長く、ほとんど永遠といってよいほどに深く。

四百九十六年に一人の神子――。

もしも、俊也がそんな特別な存在でなかったら、あの時、秘儀が中断されて元の自分に戻れただろうか。平凡な俊也に戻って、マハヴィル、ダヤラム、ラジーブの三人の関心も失せただろうか。

意味のない仮定だった。どれだけ『もしも』を重ねても、現実は変わらない。俊也の身体に満ちた神の力は、たとえ残滓であっても充分人の人生を狂わせる。

そうして、俊也は――いや、俊也たちは、永遠に交わり続ける。

「んっ……ふ、ぁ……かけて、顔に……」

限界まで膨れ上がったマハヴィルの怒張を口内から出し、俊也はせがんだ。

「……ああ、好きなだけ……望むだけ、おまえの顔にかけてやろう」

マハヴィルがうっとりと、俊也に見せつけるように最後の刺激を自身の性器に与える。

一度、二度と扱いて、先端がドクリと膨れた。

「あっ…………ん、ん」

ビュッと飛び出した樹液が、顔をベッタリと汚す。

陶然とした俊也の後孔を、ラジーブが突き上げる。

「あぁ……んっ」

快感だけがすべて。

俊也は三人に全身を預けて、味わっても味わってもなお尽きない至上の悦楽に浸っていった。

三人の男たちとともに――。

終わり

あとがき

三対一って大変ですよね……。

俊也の身体がやや心配なイトウです。まあきっと、充分大丈夫なエロスの人生を送ってくれると思いますけど。

ということで、今回は攻三人に受一人の組み合わせでの複数ものです。三人の攻にそれぞれお楽しみを分け与えるのが大変でした……。

複数攻で一人を攻略するのって、難しいですよね。ホント、俊也くんがスーパー受でよかったと、書きながら何度も俊也くんに感謝しちゃいましたよ。

しかも、この先も世界中で男たちを堕としていくんだなーと思うと、そういう俊也くんの毎日を想像するのも楽しかったりします、ふふふ。

その中で唯一気になるのは、時には俊也くんも受けるばかりでなく、攻めることもあるのかな～という点くらいでしょうか。個人的にはサンドイッチが好きなので、ぜひ攻めて・受けて、両方の感覚を味わっていただきたい……なんて思ってます。

いや、俊也くんならきっとできるはず！　めくるめくスーパーエロスな日々を、ぜひ送ってください。

そんなエロスなイラストを描いてくださった、Ciel先生。可哀想で、エロい俊也くんはもちろん、三人の攻たちもそれぞれに格好よく描いてくださり、ありがとうございました！　四人での絡みを見ながら、「よかったね、俊也くん♪」とキュンキュンしちゃいました。

それから、担当様。いつもデッドなイトウで、すみません……。今年は胸を張っていられるよう、頑張りたいと思ってます。

そして、最後になりましたが、この本を読んでくださった皆様。寒い冬には濃いエロス、ということでお楽しみいただけると嬉しいです♪

それと、今までやっていたブログがいろいろとドジが重なって消えてしまったので、新しくまたブログを立ち上げました。タイトルは以前と同じ『悪魔っ子通信』で、アドレスは、http://yukiyuki117.cocolog-nifty.com/blog/（２０１３年2月　現在）になります。よろしかったら覗きに来てみてください。わりとマメでないブログでなんですが……。

それでは、また別のお話でもお会いできますよう、祈ってます。

いとう由貴

初出一覧

淫花《いんか》～背徳の花嫁～　／書き下ろし

ビーボーイスラッシュノベルズを
お買い上げいただきありがとうございます。
この本を読んでのご意見・ご感想をお待ちしております。

〒162-0825 東京都新宿区神楽坂6-46
ローベル神楽坂ビル4階
リブレ出版(株)内 編集部

リブレ出版WEBサイトでアンケートを受け付けております。
サイトにアクセスし、TOPページの「アンケート」から該当アンケートを選択してください。
ご協力をお待ちしております。

リブレ出版WEBサイト http://www.libre-pub.co.jp

SLASH
B-BOY NOVELS

淫花《いんか》～背徳の花嫁～

2013年2月20日 第1刷発行
2013年7月 8 日 第4刷発行

■著 者 いとう由貴

■発行者 太田歳子
■発行所 リブレ出版株式会社

〒162-0825 東京都新宿区神楽坂6-46 ローベル神楽坂ビル
■営 業 電話／03-3235-7405 FAX／03-3235-0342
■編 集 電話／03-3235-0317

■印刷所 株式会社光邦

Printed in Japan
ISBN 978-4-7997-1260-3